KB062336

로크미디어가
유혹하는
재미있는 세상

이것이 법이다

이것이 법이다 33

2018년 3월 15일 초판 1쇄 인쇄
2018년 3월 20일 초판 1쇄 발행

지은이 자카예프
발행인 이종주

기획 팀 이기헌 왕소현 박경무 이승제
책임 편집 최전경

발행처 (주)로크미디어
출판등록 2003년 3월 24일
주소 서울시 마포구 성암로 330 DMC첨단산업센터 3층 314호
Tel (02)3273-5135 **Fax** (02)3273-5134
홈페이지 rokmedia.com **E-mail** rokmedia@empas.com

값 8,000원

ISBN 979-11-294-0816-7 (33권)
ISBN 979-11-255-9575-5 04810 (세트)

이것이 법이다

33

자카예프 장편소설

ROK
MEDIA
로크미디어

CONTENTS

영국으로

쾅!

탁자에서는 부서지는 소리가 들리고 김일성은 분노를 삼키지 못하고 길길이 날뛰고 있었다.

날아다니는 물건들에 맞은 사람들은 피를 흘리면서도 그 자리에서 선 채로 김일성의 분노가 사그라들기를 기다리고 있었다.

그러나 김일성의 분노는 사그라들 줄 몰랐다.

"그러니까 내가 잡종 년을 들이는 게 아니라고 했지!"

김일성이 봤을 때 김유미는 적통을 이은 혈육이 아니었다.

자신이 데리고 온 며느리도, 집안에 맞는 며느리도 아니었다. 그런 여자에게서 그저 어쩌다가 생긴 년일 뿐이다.

애초에 그다지 손녀로 생각하지 않았다. 다만 희생양으로 삼을 계집이 필요했을 뿐이다.

"아…… 아버지."

"아버지? 지금 그 말이 입구멍에서 나와!"

김두성은 찔끔하고 움츠러들었다.

김유미는 그의 딸이고, 이번 일을 진행한 것이 다름 아닌 그 자신이기 때문이다.

"대동에는 뭐라고 할 거야! 어!"

뉴스에 나온 소식은 어이가 없다 못해서 기가 막힐 노릇이었다.

다른 녀석도 아니고 대성화의 핏줄이 대룡의 녀석과 눈이 맞았단다. 더군다나 둘이서 도망까지 갔단다.

"대동에 기다려 달라고 하면……."

"대동이 어떤 인간들인지 몰라서 그러는 거냐? 지금 너 내가 나이 먹었다고 대가리까지 썩어 가는 줄 아느냐?"

"그게 아니라 아버지……."

"아버지라고 부르지도 마!"

김두성은 움찔했다. 자신에게 닥친 이 상황이 너무나 뼈저리게 느껴지고 있었기 때문이다.

"당장 그 두 연놈을 잡아 와!"

"하지만 영국 대사관에서 보호하고 있어서……."

"언젠가는 기어 나올 거 아냐! 당장 끌고 와!"

김일성은 분노에 길길이 날뛰었고 누구도 그런 김일성을 말리지 못했다.

그렇게 한 시간이 넘도록 집기를 다 부순 김일성을 진정시키던 사람들은 나올 때 다들 머리에 혹을 하나씩 달고 있거나 피를 흘리고 있었다.

"큭."

특히 김두성은 두 가지 모두 가지고 있을 뿐만 아니라 얼굴에는 시커먼 멍까지 들어 있었다.

"당장 애들 풀어. 그 연놈들 잡아 와."

"하지만 사장님……."

"내 말 안 들려? 당장 잡아 와!"

이제 그 분노를 김두성이 부하 직원에게 풀 시간이었다.

⚖

"결국 이렇게 되네."

노형진은 영국 대사관으로 몰려드는 사람들을 보면서 혀를 끌끌 찼다.

대부분이 기자들이기는 하지만 누가 봐도 기자가 아닌 사람들도 포함되어 있었다.

"당장 끌고 오라는 명령이 떨어진 모양이군."

송정한은 그들을 보면서 얼굴을 살짝 찡그렸다.

"보통 일이 이쯤 되면 아예 안 보지, 이렇게까지 끌고 가려고 하지는 않지 않나?"

"가진 놈들의 순혈주의는 생각보다 강하거든요."

"자네도 가진 쪽이네만?"

"전 제가 순혈을 가지고 있다고는 생각하지 않습니다. 다 똑같은 거죠."

노형진은 안타깝게 말했다.

"정치인들은 국민들을 위해 일한다고 말하지만 사실상 내면에서는 국민들을 개돼지로 취급합니다. 다만 표현을 못 할 뿐이죠."

노형진은 미래에 대놓고 국민들을 개돼지 취급했던 정치인을 생각하면서 입맛을 다셨다.

"이러한 갑질의 문화는 서민들 사이에서도 존재하는데. 과연 모든 것을 가진 재벌이 안 가지고 있겠습니까?"

"하긴."

그런 사건들은 많다.

가령 물건이 하자가 있는 경우 그걸 리콜해서 고쳐야 하지만 그러지 않고 모든 책임을 관리 소홀이라는 식으로 국민들에게 뒤집어씌운다.

그로 인해 생기는 국민들의 사건 사고보다 리콜에 들어가는 돈이 더 아깝기 때문이다.

"하물며 원수의 집안과 정을 나눈다니, 성화로서는 절대

용납 못 할 일이겠지요."

송정한도 고개를 끄덕거렸다.

"그건 알겠네. 그런데 지금 우리가 목적하는 건 일단 다 이루지 않았나?"

"그건 그렇지요."

언론에 소문을 냈고, 그로 인해 사람들의 성화에 대한 인식은 극도로 나빠지고 있다.

노형진이 공을 들인 것은 성화에 대한 단순한 승리가 아니라 성화라는 브랜드의 가치 하락이었다. 그리고 그 결과가 이번 싸움의 승리로 나오고 있는 것이고 말이다.

"하지만 완벽하게 이루어진 건 아니지요."

"완벽하게 이루어진 건 아니다?"

"대룡도 욕을 먹고 있지 않습니까?"

"으음……."

물론 성화가 욕을 먹고 있기는 하지만 반대의 의사를 밝힌 것은 대룡도 마찬가지.

"대룡도 반대한 건 마찬가지니까."

대룡의 이미지는 그다지 나쁘지 않았다. 하지만 대룡도 이번에는 반대했기 때문에 여자들 사이에서는 그다지 이미지가 좋지 않아졌다.

물론 그동안 안 좋은 이미지를 쌓아 온 성화만 하겠느냐마는.

"제가 그냥 심심해서 반대하라고 한 게 아닙니다."

"아니다?"

"네. 일단, 전에도 말했다시피 망명이라는 것은 쉽게 가능한 게 아닙니다. 하물며 우리나라같이 정치적인 안정이 완성된 나라에서는요."

"그렇지."

"그렇기에 그들에게 피해를 줄 수 있는 확실한 집단이 필요합니다."

송정한은 고개를 끄덕거렸다.

성화와 대룡이라는 두 집단은 망명이라는 결정을 확실하게 할 만할 정도의 위력을 가진, 한국 내의 거대 집단이다.

더군다나 조사하다 보면 대동이라는 집단도 나올 수밖에 없으니 영국은 어지간해서는 망명을 허용할 것이다.

재벌 세 곳을 적으로 돌린 채로 한국에서 사는 것은 무척이나 힘들기 때문이다.

"더군다나 망명에는 까다로운 조건이 있습니다."

"까다로운 조건?"

"네. 직접적이고 명확한 위협 요소가 존재해야 하지요."

그냥 사이가 안 좋다고 망명을 허용하지는 않는다. 그런 식이면 불매운동을 주도하는 대부분의 사람들은 망명해야 했을 것이다.

"그게 문제군."

"네. 그러니까 그걸 이제 만들어야지요."

"하지만 어떻게?"

노형진은 빙긋 웃었다.

"송 대표님, 저 만났을 때 기억나십니까?"

"자네를 만났을 때?"

"네, 저 처음 만났을 때 말입니다."

"그때야…… 아!"

노형진의 말에 송정한은 노형진이 하고자 하는 것이 뭔지 바로 알아차릴 수 있었다.

⚖

"니미 씨발……. 아니, 안쪽에 틀어박혀 있는 놈들을 어떻게 끌어내라는 거야?"

안두칠은 신경질을 내면서 대사관 쪽을 노려보았다.

그는 성화의 뒷일을 담당하는 사람으로, 이번에 그에게 떨어진 명령은 김유미를 끌어내라는 것이었다.

그러나 아무리 그라고 해도 대사관에 들어가서 김유미를 끌어낼 수는 없다.

"내가 아무리 무식해서 칼 밥 먹는 놈이라고 해도 그건 아니지."

대사관은 사실상 타국의 영토다. 그런 곳에 경찰이 들어가는 것도 곤혹스러운 사건이라 정부에서 질색하는데 하물며 조폭 무리가 들어가서 사람을 끌어낸다?

정부에서 그들을 그냥 둘 리 없다.

설사 나중을 생각하지 않고 저지른다고 해도, 당장 저 안에는 실탄으로 무장한 경비 병력이 있고 5분 거리 안에 1개 중대 병력이 무장한 상태로 대기하고 있다. 누구든 들어가면 그대로 벌집이 되는 것이다.

그런데 자신들은 소총은커녕 가스총도 없지 않은가?

"그러면 어떻게 할까요?"

"그냥 놔둬야지."

"하지만 어떻게 해서든 끌어내라고 하지 않았습니까?"

"싯팔, 누구는 안 그러고 싶은 줄 알아?"

부하의 말에 안두칠은 성질을 부렸다.

"저 안에는 총으로 무장한 병력이 있다고. 너 맨몸으로 기어들어 가서 뭐 어떻게 끌어낼 건데?"

"그거야……."

"들어가서 100미터도 가기 전에 벌집이 될 거다."

"……."

"애초에 그리고 끌어낸 후에는? 한국의 경찰이라는 새끼들은 모조리 우리 잡겠다고 눈에 불을 켜고 달라붙을 텐데? 잠수 탈 수 있겠냐? 그것도 어느 정도지, 씨발."

"하지만 그냥 두면 성화와 끈이 끊어집니다, 형님."

안두칠은 짜증스러운 얼굴이 되었다.

서열 2위라는 녀석이 이렇게 바보 같아서야 어디 써먹겠나 하는 걱정까지 들 정도였다.

"어차피 끊어졌어, 이 새끼야."

"끊어지다니요?"

"싯팔. 우리가 강제로 끌어냈다고 쳐. 그러면 우리는 표적이 될 텐데, 성화가 우리를 그냥 두겠냐?"

"아!"

"어차피 우리는 그 새끼들의 입장에서는 버리는 카드야."

조폭은 많고 더러운 일을 해 줄 녀석들도 많다. 당연히 자신들은 버려질 테고, 모든 책임을 뒤집어쓰고 엄청나게 강한 처벌을 받게 될 것이다.

'아무리 대한민국 재판부가 호구라고 해도 이건 영 아니올시다란 말이지.'

대한민국 재판부는 가해자들을 편들어 주는 걸로 유명하다. 엄청나게 선처해 주기 때문에, 여차하면 한번 담그고 잠깐 갔다 오면 된다는 생각을 하기도 했다.

하지만 그건 어디까지나 국내에서의 일.

만일 영국을 대상으로 범죄를 저지른다면 대한민국 법원이 선처해 주려야 해 줄 수 없게 된다. 그건 국제적 사건이 되기 때문이다.

"아, 씨발…… 조옷같네……."

그렇게 안두칠이 며칠간 아무것도 하지 못한 채로 멍하니

시간을 보내던 때였다. 그런 그의 귀에 들려온 것은 생각지
도 못한 말이었다.

"형님! 형님! 기회가 왔습니다!"

"기회?"

"네! 그 녀석들 영국으로 가는 비행기가 결정되었답니다."

"그래서 뭐 어쩌라고? 그게 기회냐? 망한 거지!"

영국으로 가 버리면 자신들이 할 수 있는 것은 아무것도
없다.

그러면 자신은 버려지는 셈이다. 아니, 100% 버려진다.

'씨발.'

물론 돈이 될 만한 것은 많다. 하지만 그런 것들을 얻으려
면 다른 조직들과 싸워야 한다.

그러나 대기업과 선이 연결되어 있으면 그럴 이유가 없다.
누구도 대기업을 건들려고 하지 않으니까.

"어찌 되었건 나오니까 기회인 겁니다."

"나오기는 하지만……."

"그 녀석들이 비행기 타러 공항으로 갈 거 아닙니까? 그때
낚아채는 겁니다."

"언제 나올 줄 알고?"

"나흘 후 새벽에 나온답니다."

"뭐? 그걸 네가 어떻게 알아?"

"안에서 일하는 사람을 좀 찾아봤습니다. 그랬더니 생각

지도 못한 녀석을 만났습니다."

"생각지도 못한 녀석?"

"네. 청소한다고 하더군요."

부하는 청소하는 녀석에게 적당히 돈을 찔러주고 내부에 관련된 정보를 달라고 요청했다.

물론 처음에는 거북해하던 그였지만 돈과 더불어 적절하게 협박하자 나중에 어쩔 수 없다는 듯이 알려 주었다.

"청소하면서 슬쩍 관련 서류를 열어 봤다고 하더군요."

"옳거니!"

"그래서 확인해 보니까 나흘 후에 새벽을 틈타서 인천공항으로 간답니다."

안두칠의 얼굴이 환해졌다.

그때 덮쳐서 끌고 가기만 하면 되는 것이다.

물론 잠깐 시끄러울 수는 있다. 하지만 성화의 자식을 성화에서 데리고 갔다는데 뭐라고 하겠는가?

특히나 대한민국 사람들의 냄비 근성은 누구나 다 아는 사실이다. 즉, 시간이 지나면 다 잊어버리게 되는 것이다.

"그러니까 당장 가서 준비하죠."

"좋은 생각이야. 네가 진짜 머리를 썼구나."

"으헤헤헤."

설마 청소부에게 접근할 거라고는 생각하지 못했던 안두칠은 부하가 자신의 골치 아픈 부분을 해결해 주자 왠지 희망이 솟아났다.

'그래, 잘만 하면…….'

새벽이라면 사람도 많지 않을 것이다. 그리고 인천공항으로 빠지는 길에는 사람이 없는 조용한 곳도 있다. 그런 곳에서 끌어내면 자신들은 편하게 일할 수 있다.

"애들 준비해. 확실한 시간 알아?"

"네. 새벽 4시랍니다. 그리고 사람들 시선을 피하려고 근처 호텔에서 출발한답니다. 내부에 비밀 입구가 있다고 하더군요."

"확실히 사람이 없는 시간이군. 흐흐흐. 거기에다 비밀 입구라……. 흐흐흐, 확실히 알겠어."

안두칠의 얼굴에 한 가닥 희망이 서리기 시작했다.

⚖️

그리고 며칠 뒤 새벽.

안두칠은 새벽에 호텔의 입구에 서 있었다.

잠시 후 호텔에서는 시커먼 색의 차량 몇 대가 나오기 시작했고, 그 뒤로 몇 대의 차량이 따라붙었다.

"저거 맞냐?"

"맞는 것 같습니다."

부하의 말에 안두칠은 고개를 끄덕거렸다.

"역시 그런 것 같지?"

멀어서 차의 넘버는 확인할 수 없지만 정해진 시간에 정해진 장소에서 나올 똑같은 차량이 얼마나 되겠는가?

그들은 신이 나서 차량을 따라갔지만, 정작 그 차량에 있는 사람들은 그걸 다 알고 있었다.

"바보인가?"

"바보인가 보네요."

노형진은 자신들에게 따라붙은 차량들을 보면서 피식 웃었다.

"똑똑한 녀석들이라면 이런 실수는 안 하지요. 하지만 성화로서는 그런 집단을 동원하기는 부담스럽죠. 어찌 되었건 대상이 외국 공관이니까."

"그래도 그렇지, 이렇게 멍청하다니."

당장 새벽에 사람이 없는 곳에서 습격한다는 것은 반대로 말하면 자신들 역시 먼저 가는 차량에 걸릴 가능성이 많다는 뜻이기도 하다.

그런데 그들은 몇 대의 봉고를 동원해서 그들을 따라가고 있었던 것이다.

"원래 이런 일을 하던 집단이 아니니까요."

원래 이런 일을 하던 집단이 있기는 했다. 애초에 김일성은 폭력 조직을 동원해서 기업을 성장시킨 사람이니 이런 실수를 할 리 없다.

문제는 그 폭력 조직을 노형진이 날려 버렸다는 것이다.

김일성은 기업이 성장하자 조직을 해체하고 떳떳한 사업자 흉내를 내려다가 노형진과 대룡에 보복하려고 다시 폭력 조직을 규합하려고 했다.

하지만 노형진의 함정에 빠져서 그 조직을 잃어버리는 바람에 급하게 영입한 게 바로 저들이었다.

"폭력 조직은 두 가지 형태가 있습니다. 지능형 조직과 주먹형 조직. 그리고 저 녀석들은 후자죠."

지능형 조직이었던 전자는 노형진의 함정 때문에 엄청난 연쇄살인 집단이라는 누명을 쓰고 현재까지 수사 중이다. 그들의 흉기에서 수십 명의 피가 발견된 것이다.

물론 그건 노형진이 조작해 둔 것이지만 말이다.

"그러니 아무래도 이런 일을 해결할 능력은 안 될 겁니다."

"그래도 그렇지."

노형진이 한 건 마치 청소부인 것처럼 한 사람을 접근시키고 가짜 정보를 흘려 준 것뿐이다. 그런데 그들이 그걸 철석같이 믿었고 말이다.

"대사관 내부에 대해 조금만 아는 사람이라면 그런 착각은 안 할 텐데요."

애초에 청소부가 내부에 들어가서 청소할 때 서류를 볼 수는 없다. 그렇게 물렁하게 보안을 허술하게 하는 곳이 아니다.

물론 청소를 하기는 하지만, 그때마다 경비가 동행해서 그들의 행동을 감시하는 곳이 대사관이다.

'하지만 저들은 그걸 모르니까.'

그러니까 그냥 청소부 혼자 들어가서 한다고 생각한 것이다. 다른 곳은 다 그러니까.

일반 서류도 그런데 하물며 보안 서류에 해당되는 망명 관련 자료는 철저하게 잠금장치를 하여 아예 따로 보관한다.

"슬슬 작전을 시작할까요?"

운전기사의 말에 노형진은 고개를 끄덕거렸다. 그러자 차량이 급가속하기 시작했다.

⚖️

"어, 뭐야?"

앞차가 엄청난 속력으로 도망가기 시작하자 그들은 당황했다. 그리고 안두칠은 자신들이 걸렸다는 사실을 알아차렸다.

"이런 싯팔. 튀잖아! 뭐 해! 따라가!"

"네, 형님!"

앞서가는 차량을 어마어마한 속력으로 따라가기 시작하는 차량들.

앞차는 그걸 알아차린 건지 이리저리 도망치기 시작했다.

요리조리 차량을 돌리고 차선을 바꾸면서 떨구려고 했지만, 안두칠이 탄 차는 집요하게 따라붙었다.

"이런 씨발. 저 새끼는 뭐야?"

안두칠은 앞서가는 차를 보면서 혀를 내둘렀다.

자신들도 운전이라면 빠지지 않는데 상대방은 거의 신기에 가까운 운전 실력을 보여 주고 있었던 것이다.

"젠장, 따라가기 힘들겠는데요."

운전을 하던 부하 직원의 투덜거림. 그리고 뒤에서 들리는 비명 소리.

"으아악!"

"살살 좀 운전해!"

운전이 거칠어지자 제대로 벨트도 매지 않고 기다리고 있던 조직원들이 이리저리 쏠리기 시작한 것이다.

"아오, 싯팔. 저거 맞네, 맞아. 야, 무조건 따라가. 알았지? 무조건 따라가라고!"

그런 행동을 보면서 안두칠은 확신했다. 자신이 쫓는 차량이 표적이 맞다고 말이다.

"하지만……."

상대방이 워낙 빨라서 따라가는 게 도무지 쉽지 않았다. 잡힐 듯 잡힐 듯 잡히지 않는 상황.

당연했다.

노형진의 차량을 몰고 있는 사람은 일반 운전자가 아니라 전문 카레이서다. 그것도 미리 동일한 차량으로 몇 번이나 연습한 사람이라 그저 운전 좀 한다는 일반인인 조폭이 따라

갈 수 있는 수준이 아니었다.

더군다나 이들이 타고 있는 차는 세단도 아니고 승합차다. 그런 걸로 세단을 따라가는 것은 절대로 쉽지 않았다.

"따라가지 못하더라도 몰아내란 말이야!"

"어디로요?"

"일단 공항은 막아야지!"

새벽의 도로가 아무리 한산하다고 해도 조금 있으면 차들이 꽉꽉 들어차는 시간이 될 것이다.

출근 시간이 겹치면 잡기는커녕 눈치 때문에 접근도 하기 힘들어진다.

"어떻게 해서든 따라잡아! 일단 무조건 앞선다고 생각해! 그리고 다른 차량으로 옆으로 빠지는 거 막고 앞에서 멈춰버리면 되잖아!"

"네, 형님!"

그들은 전화기로 서로에게 작전을 설명하고는 따라가는 게 아니라 무조건 앞서 나가려고 하기 시작했다.

"어?"

그런데 운전하던 부하가 힐끗 뭘 확인하더니 얼굴에 화색이 돌았다.

"형님, 저 새끼들 길 잘못 들었는데요?"

"뭐?"

"인천으로 가려면 아까 오른쪽으로 빠졌어야 하는데 못 빠졌어요.”

“그래?”

아마도 자신들이 쫓아온다는 생각에 다급한 마음이 들어서 빠지지 못한 모양이었다.

“어? 그러면 방법이 있을지도 모르겠는데요.”

“방법?”

“네, 여기에 공항으로 빠진다고 하면 지름길이 있어요.”

“지름길?”

“네, 일종의 편법인데…….”

잘못 든 길에서 고속도로를 타고 공항으로 빠지기 위해서는 한참을 돌아야 한다.

그러나 한번 고속도로에서 내려서 국도를 타고 다시 고속도로를 타면 거리가 확 줄어든다.

“보통은 다들 안 쓰죠. 내비가 그걸 모르니까.”

내비의 입장에서는 두 번이나 따로 결제해야 하는 그런 길을 안내해 줄 리 없다.

“하지만 그쪽으로 가면 확실하게 앞서갈 수 있어요.”

“음…….”

안두칠은 고민하기 시작했다.

마음 같아서는 계속 따라가고 싶었다. 여기서 놓치면 여러모로 곤란해지니까.

“형님, 어차피 이대로는 못 따라갑니다.”

"그런가?"

"네, 저 녀석들 속력 보셨잖아요. 차라리 앞질러서 길을 막죠."

"그러자."

그러다가 상대방이 대사관으로 돌아가게 되면 자신들의 작전은 실패하는 셈이지만 어찌 되었건 한국에 남겨 뒀으니 나중을 기약할 수는 있게 된다.

"차 돌려. 그쪽으로 빠진다."

안두칠의 말에 석 대의 봉고는 천천히 오른쪽으로 빠지기 시작했다.

⚖

"예상대로군."

노형진은 뒤에서 멀어지는 세 대의 차량을 보면서 피식 웃었다.

"어떻게 알았나?"

"여기에 길이 빠지는 곳이 있거든요."

노형진은 그 길에 대해 알고 있었다. 몇 번이나 자신이 쓰던 길이 아닌가?

"저들의 입장에서는 자신들이 따라가지 못할 거라는 걸 아니까 어떻게 해서든 다른 길을 찾으려고 했겠지요."

"하지만 저들이 몰랐다면?"

"그러면 적당히 차가 고장 난 척해 줘야지요."

노형진은 싱긋 웃으면서 뭔가를 들었다.

"뒤쪽에 발연탄을 설치해 놨거든요. 이 버튼을 누르면 연기가 모락모락 날 겁니다."

"아!"

그렇게 되면 차가 고장이 났다고 생각하기 쉽고, 그때 속력을 낮추면 상대방은 쉽게 따라붙었을 것이다.

"그러면 애초에 속력을 낮추지 그랬나. 안 그랬으면 내가 이 고생을 안 했을 텐데."

송정한은 창백한 얼굴로 말했다.

아무리 결심하고 왔다고 하지만 프로 드라이버가 운전하는 차를 타는 것은 쉬운 게 아니었던 것이다.

"그러니까 그냥 쉬시라니까요."

"중요한 순간인데 따라가야지."

"쩝. 뭐, 그것도 방법이기는 한데, 좀 약을 올려야 하지 않겠습니까? 저쪽에서 너무 약하게 나오면 증거로 쓰기 뭐해지거든요."

"하긴."

증거로 쓰기 위해서는 자신들이 위협받는다는 확실한 증거가 있어야 한다. 그리고 그 증거는 다름 아닌 저들의 행동이다.

이것이 법이다.

저들이 거칠게 행동하고 나중에 성화에서 보냈다는 사실이 드러나면, 자신들의 목적은 이루어진다.

"하지만 너무 쉽게 잡히면 위협을 가하지는 않을 겁니다. 어찌 되었건 김유미는 저들의 의뢰인의 딸이니까요."

송정한은 고개를 끄덕거렸다.

"하지만 지금은 잔뜩 약이 올랐겠군."

"네."

사실 차들이 거의 없는 새벽에 이리저리 차선을 바꾸면서 곡예 운전을 할 이유는 없다. 그냥 내달렸어도 된다.

그럼에도 불구하고 이리저리 차선을 바꾼 건 상대방 역시 그렇게 하길 원했기 때문이다.

봉고는 다른 차보다 훨씬 차고가 높다. 반대로 말하면 전복이나 사고의 위험성도 높다는 뜻이다.

전에 쓰러진 박스 카가 차고가 높아서 전복의 위험성이 큰 것처럼 말이다.

"그걸 몸으로 느꼈을 테니 당연히 부하들은 거칠어질 겁니다."

노형진이 노리는 것은 그것이었다.

그리고 이제 상대방은 충분히 열 받은 상황. 그 증거는 얼마 가지 않아서 드러났다.

"저기 보입니다."

저 멀리 보이는 봉고들.

봉고들은 도로에 세로로 서서 길을 완전히 막고 있었다.

그리고 간간이 지나가는 차들을 겁을 줘서 돌아가게 만들고
있었다.

"움직이는데요? 차 돌릴까요?"

"아니요. 그냥 멈춰요."

"네?"

"이제 슬슬 마무리 지어야지요. 조금 있으면 출근 시간인
데 시민들에게 피해를 줄 수는 없지 않습니까?"

"그렇지요."

운전사는 차의 속력을 낮췄다.

그러자 기다리고 있던 봉고들이 득달같이 달려와서 그들
의 차를 포위했다.

"야! 내려!"

강한 선팅 때문에 안이 보이지 않았지만 안두칠은 이 차가
아까 그 차라는 사실을 알 수 있었다.

"김유미 씨, 이렇게 하면 서로 안 좋습니다. 그냥 내려요.
어르신이 기다리십니다."

하지만 차량 내부에서는 여전히 아무 반응이 없었고, 안두
칠은 슬슬 짜증이 올라왔다.

"야, 이 개년아! 돌려 먹기 전에 안 내려? 이 씨발 년이 미
쳤나. 지금 아비가 성화 사장이라고 우리를 개떡으로 아는
거야?"

부하들은 기분이 좋지 않았다. 몇 번이나 차가 넘어질 뻔

해서 죽을 뻔했기 때문이다.

그런데 자신을 무시하는 이 행동에 더 어이가 없었다.

"그냥 나오시죠, 김유미 씨. 어차피 성화에서는 당신 안 보내 줍니다."

그러나 말이 없는 그 행동에 보다 못한 부하가 뭔가를 들고 왔다.

"형님, 여기."

"그래, 말로는 안 될 것 같구나."

안두칠은 쇠 파이프를 들고 운전석의 정면을 후려쳤다.

탱!

그러나 깨질 거라는 그의 믿음과 다르게 엄청난 방탄력과 함께 튕겨 나오는 그의 쇠 파이프.

안두칠은 저릿한 자신의 손을 잡으면서 얼굴을 찡그렸다.

"방탄유리?"

일반 유리였다면 깨졌어야 정상이다. 하지만 이 차에는 금도 하나 가지 않았다.

안두칠은 그걸 알자 화가 머리끝까지 났다.

"이런 개년을 봤나. 어차피 성화에서는 너 버렸어! 알아? 기왕 이렇게 된 거, 너 넘겨주기 전에 우리끼리 돌려 먹고 만다. 야, 부숴."

"네?"

"형님, 부수라고요?"

"그래, 부수라고!"

쇠 파이프와 각목 그리고 야구방망이 등을 꺼내서 매달리는 조폭들.

그들은 차를 완전히 박살 낼 기세로 마구 두들기기 시작했다.

하지만 노형진은 느긋하게 그들을 바라볼 뿐이었다.

"백날 부숴 봐라. 그게 부서지나."

오늘을 위해 방탄 필름을 삼중으로 붙이고 심지어 취약하다고 판단되는 보닛이나 문짝도 방탄 필름으로 도배했다.

이걸 열기 위해서는 유압기 같은 중장비를 가지고 와야 한다.

"그나저나 신고 안 하나?"

"이미 했죠."

"했다고?"

"우리가 신고하면 덜 스펙터클해지지 않습니까?"

"헐."

실제로 이미 배치된 사람이 그들의 행동을 보고 신고한 상태였다.

그것 말고도 그들이 통행을 막고 불법으로 차들을 검문하면서 보낸 것 때문에 수십 건의 신고가 들어간 상태였다.

"이제 슬슬 올 때가 된 것 같은데요?"

창문에 쇠 파이프를 휘두르는 상대방을 보다가 노형진은 씩 웃었다.

튕겨 나간 쇠 파이프가 도리어 놈의 머리를 후려쳤기 때문이다.

'진짜 바보들이구먼.'

총을 막으려고 개발한 게 방탄 필름이다. 그걸 삼중으로 붙였는데 쇠 파이프 따위에 부서질 리 없다.

"음악 좋아하십니까?"

"음악?"

"네."

"아니, 웬 음악?"

"제가 여기에 특별히 우퍼 스피커를 달아 놨습니다."

"아니, 왜?"

"보시면 압니다."

노형진은 웃으면서 사람들에게 미리 준비한 귀마개를 건넸다. 그것도 모자라서 헤드세트 형태의 귀마개까지 하게 한 후 음악 버튼을 눌렀다.

지이잉.

엄청나게 요란한 소리와 함께 터져 나오는 음악 소리.

안두칠은 그런 행동에 화가 머리끝까지 나는 기분이었다.

"이 새끼들이 진짜로 미쳤나?"

얼마나 음악이 큰지 주변 소리가 전혀 들리지 않을 정도였다.

명백하게 자신을 무시하는 행동이다. 방탄유리만 믿고 이런 짓을 하는 것이다.

"형님, 어떻게 할까요?"

"어떻게 하긴! 차를 부수고 저 망할 스피커 꺼 버려! 저 쌍년, 내가 죽여 버리고 만다."

자신을 무시했다는 생각에 말 그대로 뚜껑이 열려 버린 안두칠.

그는 미친 듯이 차를 부수는 데 매달렸다.

물론 쉬운 게 아니지만.

하지만 노형진이 그 스피커를 그냥 심심해서 달아 둔 게 아니었다. 애초에 도발은 목적도 아니었다. 노형진의 목적은 다른 곳에 있었다.

"이 개자식!"

유리를 다시 한 번 내리찍기 위해 쇠 파이프를 하늘 높이 쳐드는 안두칠.

그때였다.

탕!

요란한 총소리가 주변에 울려 퍼졌다.

총소리 특유의 날카로운 소음은 음악을 뚫고 사람들의 귀를 건드렸고, 그와 동시에 음악이 꺼졌다.

"손들어. 움직이면 쏜다."

그제야 안두칠은 고개를 돌렸다. 그리고 얼굴이 사정없이 일그러지기 시작했다.

그에게 총을 들이댄 한 남자. 그리고 그 남자 뒤에 있는, 못해도 중대 병력은 되어 보이는 의경들.

그들은 하나같이 몽둥이를 들고 자신들을 노려보고 있었다.

"이…… 이런 싯팔……."

"경찰이고 뭐고 이제는 눈에 뵈지도 않는 모양이구먼."

출동한 경찰은 어이가 없다는 듯 말했다.

저 멀리서부터 사이렌을 켠 채 왔는데 차를 공격하는 조폭 이십여 명 중 단 한 명도 자신들을 보지 않았기 때문이다.

'ㅎㅎㅎ.'

노형진은 바깥의 모습을 보면서 피식 웃었다.

그가 우퍼를 단 이유가 바로 이것이었다.

경찰은 분명 사이렌을 틀고 출동할 테니 공격하던 놈들은 그걸 들으면 분명히 도망갈 게 뻔했다. 그래서 사이렌 소리를 막기 위해 우퍼로 훨씬 큰 소리를 튼 것이다.

"자, 이제 성화에서 무슨 말을 할지 기대해 볼까요?"

명확한 증거에, 가해자들까지 잡혔으니 자신들이 원하는 계획은 충분히 이루어진 것이다.

⚖️

"성화가 아주 크게 한 방 먹었어, 하하하."

유민택은 최종 보고를 받으면서 크게 웃었다.

공격한 사람이 존재하고 심지어 그들이 성화에서 보낸 이들이라는 사실이 확인되자 영국에서는 김유미의 망명을 허락했다. 그리고 한국 정부에 심각하게 항의했다.

그들은 대사관만 영국 영토라고 생각한 모양이지만 사실 국제법에 따르면 대사관의 차량 역시 움직이는 영토로 인정한다. 당연히 그들은 영국의 영토를 공격한 셈이니 이는 국제적으로 아주 심각한 문제였다.

한국 정부에서는 뭐라고 변명을 하고 싶었지만 그럴 수도 없었다. 너무나 확실한 증거가 있었기 때문이다. 그리고 당연히 이런 일을 저지른 성화를 눈에 불을 켜고 욕할 수밖에 없었다.

"덕분에 우리는 땡잡았네."

"성화 내부 분위기는 어떻다던가요?"

"심각하다고 하더군. 지금까지 하던 일과 별반 다르지 않지만 어찌 되었건 외국과 관련이 있는 곳이니까. 더군다나 성화가 유럽에 진출하려고 얼마나 준비를 많이 했나? 그런데 그게 이번 사태로 인해 완전히 글러 먹었거든."

"유럽요?"

"그래. 아, 자네는 모르겠구먼?"

성화는 미국에 진출했을 당시 대룡을 엿 먹이기 위해 가짜 대룡의 음식물을 사방에 뿌렸다.

문제는 대장균을 비롯한 세균을 음식물에 뿌렸다는 것.

자기들의 생각에는 대룡의 미국 진출을 방해하기 위한 것이었지만, 결과적으로 그게 노형진에게 발각되면서 엄청난 지탄을 받은 데다 징벌적 배상으로 미국 내에 있던 대부분의 자산을 대룡에 빼앗겼다.

그리고 미국에 조 단위의 벌금을 내야 하는 상황이었다.

"다시 미국에 진출할 수는 없는 상황이니 대신 진출하려고 한 곳이 유럽일세."

"하지만 이번 사건으로 유럽에서의 이미지는 완전히 망가졌을 테고요."

"그렇지."

더군다나 로미오와 줄리엣의 국가라 할 수 있는 영국은 이번 사태를 아주 심층적으로 다루고 있었다.

"덕분에 우리는 기회를 잡았고, 하하하."

대룡은 처음에는 반대 의사를 명확하게 했다. 그러나 이번 사건이 터진 이후에 대룡은 성화를 규탄하면서 자신들은 그러한 행동에 동참하지 못한다며 두 사람의 결합을 찬성하고 축복한다는 기사를 내보냈다.

"결국 사람들의 증오는 성화로 향했지, 후후후."

한때 반대했지만 찬성으로 돌아선 대룡과, 자신의 딸임에도 불구하고 공격한 성화.

사람들의 분노가 어느 쪽으로 쏠릴지는 뻔한 일이다.

"그리고 며칠 후면 마지막 쐐기가 날아올 겁니다."

그렇게 되면 성화는 더 이상 돌아갈 길이 없어질 것이다.

"죽어?"

김일성은 자신에게 온 보고를 보고 어이가 없다는 듯 말했다.

"네. 김유미가 영국에서 사고로 사망했다고 합니다."

"그게 말이 돼? 이 새끼들아! 지금 일을 어떻게 하는 거야!"

손녀의 결혼을 반대하며 납치 시도까지 한 집단이 된 것도 어이가 없어 죽겠는데 김유미가 영국에서 죽었단다.

"김유미의 집에서 화재가 발생했답니다. 그곳에서 김유미의 시체가 발견되었는데……."

"는데?"

"화재 발생 이전에 이미 사망한 상태였다고……."

콰직.

분노에 찬 김일성의 주먹질에 탁자에 있던 모니터가 날아갔다.

김일성이 그게 뭘 뜻하는지 모를 리 없다.

"이미 죽어 있었다고?"

"네."

"지금 그걸 말이라고 하는 거야? 지금 우리 상황이 어떤지 알아?"

"죄…… 죄송합니다."

"죄송하다면 다야? 지금 이런 일이 터지면 우리가 어떤 입장이 되는지 아느냐고!"

결혼을 막기 위해 납치까지 시도했던 집단이다. 손녀를 다른 곳에 팔아먹기 위해 말이다.

그런데 그걸 피해서 도망간 손녀가 갑자기 변사체로 발견된다?

단순 사건이라고 해도 사람들이 뭐라고 생각할지는 뻔한 일.

"쌍! 장난하냐고! 우리가 지금…… 으윽!"

김일성은 자신도 모르게 뒷목을 잡았다.

이게 어떻게 된 일인지 이해할 수가 없다 보니 너무 혈압이 올라간 것이다.

"회장님!"

"당장 비상사태 선포하고 모조리 불러들여. 그리고 이번 사건에 대해 우리는 아무런 관련이 없다고 발표하고."

하지만 그는 알고 있었다, 이러한 행동이 사실상 아무런 의미가 없다는 것을.

⚖️

"이거 봤나?"

"네."

"난…… 성화가 이렇게까지 할 거라고는 생각하지 못했네."

유민택은 뉴스를 보면서 심각한 얼굴이 되었다.

영국에서 발생한 사건으로 인해 김유미가 사망했다는 뉴스.
그 뉴스는 사방으로 퍼지고 있었다.

"아무리 그래도 그렇지, 자기 집안의 자식을 죽여 버리다
니……."

기업 간의 싸움이 무척이나 중요하다고 하지만 그건 어디
까지나 기업 간의 싸움이다. 이게 개인적 싸움이 되어 버리
면 무차별적인 살인이 벌어진다.

그런데 그런 살인이 다른 사람도 아니고 집안의 사람이었
던 김유미에게 벌어진 것이다.

"그렇게 도망가려고 했던 사람인데……."

결국 도망가지 못하고 죽음을 맞이했다는 생각에 유민택
은 왠지 우울한 얼굴이 되었다.

"그렇게 생각하십니까?"

"그럼 이게 슬픈 일이 아니고 뭐겠나?"

유민택이 그렇게 말하고 고개를 들었을 때 그의 눈에 들어
온 것은 싱글거리고 있는 노형진이었다.

'웃어?'

노형진은 이런 일로 웃을 사람이 아니다. 도리어 슬퍼하면
서 당장이라도 영국으로 가려고 했을 사람이다.

'그러고 보니 왜 영국에 안 갔지?'

그러고 보니 노형진이 아직도 한국에 있는 게 이상했다.

그의 성격상 이미 영국으로 갔어야 옳다. 그런데 여전히

한국에 있다니?

"자네…… 나한테 말하지 않은 거 있나?"

"하하하."

"좀 말해 보게."

"그냥…… 영국에도 증인 보호 프로그램이 있다고만 알려 드리지요."

"증인 보호 프로그램? 아!"

증인 보호 프로그램은 간단하게 말해서 한 사람에게 완벽하게 새로운 신분을 부여해서 새로운 삶을 살아가게 만드는 것을 뜻한다.

그리고 그 과정 중 하나가 바로 당사자의 죽음이다.

물론 진짜로 죽는 게 아니라 거짓으로 죽어야 하지만 말이다.

"자네, 설마?"

"이번에 거기에 넣으면서 고생 좀 했습니다. 돈 좀 썼죠."

"헐……."

유민택은 당황스러워서 노형진을 바라보았다. 이건 그도 생각하지 못한 부분이었기 때문이다.

"아니, 왜? 그럴 필요까지는 없었잖나?"

일단 망명했으니 그녀로서는 한국에 오지 못할 뿐, 그곳에서 살면 그만이다. 그런데 죽은 자로 만들어 가면서 증인 프로그램에까지 넣어 줬다는 것은 아무리 봐도 무리인 듯했다.

"세 가지 이유 때문이지요."

"세 가지?"

"첫째는 유성용 씨의 삶 때문입니다. 일단 핑계 때문에 연인으로 설정해 놨지만, 김유미 씨 때문에 유성용 씨의 인생까지 망가지게 할 수는 없지 않습니까?"

"음……."

일단 공식적으로 망명을 한 것은 김유미이고 유성용은 따라간 것뿐이다.

그러니 김유미가 죽은 지금 그가 돌아오는 데 문제는 없다.

더군다나 대룡에서 공식적으로는 찬성한 이상 그에게 불이익은 없다.

"그리고 그가 나중에 나서서 성화에 보복을 위한 뭔가를 한다고 하면 사람들은 충분히 납득하겠지요."

"그…… 그렇겠지."

자신의 연인을 죽인 곳. 그곳에 복수하려는 건데 사람들이 나쁘게 볼 리 없다.

"대룡으로서는 쓸 만한 대리인 한 명을 구한 셈이구요."

"음…… 두 번째는?"

"김유미 씨를 위해서입니다. 김유미 씨도 동의하신 부분이구요."

망명은 망명일 뿐이다.

망명한 사람은 정해진 구역 내에서 벗어날 수가 없다. 그러니 자유로워지기는 했지만 한정된 자유일 뿐이다.

"하지만 영국의 국민으로 아예 새로 신분증을 발급받을 겁니다. 물론 기록에 남아 있기는 하겠지만 어찌 되었건 유럽 내부는 마음대로 돌아다닐 수 있죠. 그녀가 원하는 대로 여행하거나 일을 할 수도 있을 겁니다. 다만 그녀가 원하던 여성운동은 못 하겠지만요."

언론에 드러날 가능성이 높은 일은 해서는 안 되기는 하지만, 어찌 되었건 그녀는 상당한 자유를 보장받을 수 있게 된 셈이다.

"그리고 세 번째는?"

"지금 회장님이 하신 말씀이 정답입니다."

"내가 한 말? 아아! 옳거니!"

자신은 김유미가 죽었다는 말에 그 배후로 성화를 생각했다. 그런데 자신만 그 생각을 할까? 그럴 리 없다.

"다들 그 생각을 할 겁니다. 성화의 이미지는 나락으로 떨어지겠지요."

"하지만 음모론일 뿐이잖나?"

"음모론은 생각보다 빨리 퍼집니다."

"하긴…… 원하지 않는 말일수록 더욱 빨리 퍼지지."

그렇게 된다면 성화로서는 진짜 피가 마르는 기분일 것이다.

"아마도 성화의 이미지는 돌이킬 수 없게 될 겁니다."

"하하하하."

성화 내부에서 권력투쟁이 심화되고 있다는 소식은 들었

다. 그런데 더불어서 성화라는 브랜드 가치가 바닥을 떨어지고 있는 상황.

그게 한 번의 망명을 성공시키고 한 명의 죽음을 가장한 결과였다.

"대단하군. 대단해."

"별말씀을요. 하지만 김유미의 생존 사실은 절대로 바깥으로 새어 나가면 안 됩니다."

"알지, 알아. 하하하."

유민택은 신나게 웃었다. 그가 생각한 대로 성화는 내부에서부터 크게 흔들리기 시작했기 때문이다.

"이제 조금만 더 있으면⋯⋯."

막 말을 마치려고 하는 찰나 비서관이 들어와서 유민택에게 뭔가를 건네면서 귓속말을 하고는 황급하게 나갔다.

쪽지를 받아 든 유민택은 어느 때보다 더욱 황당한 얼굴로 펼쳐서 살폈다. 그리고 구역질이 난다는 표정으로 뚫어지게 바라보았다.

"무슨 일이십니까?"

"웃기는 일이 벌어졌군⋯⋯. 이건 생각지도 못한 일인데."

"생각지도 못한 일?"

"그래."

유민택은 한참 침묵을 지키면서 고민하는 듯했다.

'그래, 말하자.'

말을 해야 하나 말아야 하나 고민하던 그였지만 어찌 되었건 노형진과 한배를 탄 상황이고 또 어차피 알게 될 상황이기 때문에 지금 말하기로 마음먹었다.

"성화와 대동이…… 연합을 했네. 결혼을 통해서 말이지."

"결혼요?"

노형진은 얼굴을 찡그렸다.

김유미가 사라졌으니 끊어질 거라 생각했던 연합이 그대로 이루어진 것이다.

'역시…… 여자는 그냥 도구였다 이건가?'

어차피 여자로 증거를 삼는다면 기왕이면 예쁜 여자로 하겠다는 뜻이었지, 김유미가 없다고 해서 이루어지지 않을 일은 아니었던 모양이다.

"아무래도 싸움이 힘들어지겠군요……. 대동이라니."

"음……."

"그런데 그것치고는 표정이 상당히 안 좋으십니다?"

애초에 성화와 대동의 연합을 막는 것은 부차적인 문제고 첫 번째 목적은 성화의 내분에 있었다. 그러니 대동과의 연합을 막지 못했다고 실패했다고 보기는 무리가 있다.

목적한 성화의 브랜드 가치 하락과 내부 분란은 성공한 것이니까.

"그게…… 후우."

유민택은 한숨을 쉬더니 힘겹게 입을 열었다.

"시집간 사람이…… 생각하지 못했던 사람일세."
"누군데요?"
"김화자……. 내 전 와이프가 대동으로 넘어갔네."
노형진은 놀라서 입을 쩍 벌렸다.

천하의 개놈?

"김화자라……."

노형진은 자세한 상황을 정리하면서 자신의 사무실에 시간을 보내고 있었다.

"다급하기는 한 모양이군."

손녀뻘도 아니고 딸을 보냈다는 것은 김일성이 다급하다는 뜻이기도 했다.

하긴, 이번 일로 성화의 브랜드 가치는 바닥을 쳤을 테니까.

"아마도 성화의 입장에서는 성화를 대체할 새로운 브랜드가 필요한 시점이겠지."

대동 역시 한국에 진출하기 위해서는 새로운 브랜드가 필요한 상황.

그 둘의 목적이 절묘하게 맞아떨어진 것이다.

"김화자야…… 명목상으로는 최고의 상품이기는 하지."

성화 가문의 독녀이자 나이로 보면 적당하기는 하다. 애초에 김유미는 예비 신랑과 나이 차가 어마어마했으니까.

"그런데 대동이 그걸 받아들였다라……."

노형진이 걸리는 부분은 그것이다.

얼핏 보면 대동이 손해 보는 장사다. 그런데 굳이 받아들였다는 게 이상했다.

"뭘 노리는 거지?"

단순히 한국 진출만을 노렸다면 대동이 김화자를 받아들일 필요까지는 없다.

"역시 다른 뭔가가……."

노형진이 그렇게 대동의 목적을 알아내기 위해 고민하고 있는데 슬쩍 문이 열리면서 누군가 그를 불렀다.

"노 변호사님."

노형진이 일하고 있을 때 심각한 얼굴로 들어온 것은 손예은 변호사였다.

노형진은 그녀를 보고 반가운 얼굴로 일어났다.

"아이고, 손 변호사님. 진짜 오랜만입니다. 아니, 같은 사무실에서 일하는데 이렇게 얼굴 보기가 힘들어요, 하하하."

"노 변호사님은 볼 때마다 점점 더 아저씨처럼 구시는군요."

"하하하하."

노형진은 어색하게 머리를 긁으면서 씩 웃었다.

요 근래 들어서 옛날의 버릇이 자꾸 나오는 것 같았다.

"뭐, 반가워서 그러죠. 그런데 어쩐 일로 오신 겁니까? 요 근래에는 잘 안 오셨잖아요?"

그녀는 자신이 충분히 배웠다고 생각한 후에는 스스로 사건을 해결하고자 해서 노형진에게 그다지 도움을 청하지 않았다.

그녀의 목적은 다른 사람과 다르다.

다른 사람은 뭔가를 배우는 게 목적이라면 그녀는 노형진을 실력으로 이기는 것이 목적.

그래서 자신만의 방식을 찾기 시작한 것이다.

그렇기에 그녀가 노형진을 찾아온 것은 오랜만의 일이었다.

"도움이 필요해서 왔습니다."

"도움요?"

노형진은 살짝 놀랐다.

손예은 변호사는 직접적으로 도움을 요청하는 사람이 아니다. 자존심이 강하고 자기 주관이 강하기 때문에 남에게 기대려고 하지 않았던 것이다.

그런 그녀가 도움을 요청한다는 게 의외였다.

"무슨 일인데요?"

"성범죄 관련입니다."

"성범죄요?"

"네."

"흠…… 성범죄라 하면, 피해자입니까?"

"아니요. 이번에는 가해자입니다."

"가해자?"

"네. 아니, 엄밀하게 말하면 가해자로 보이죠."

"네?"

노형진은 고개를 갸웃했다.

물론 자신들이 피해자와 가해자를 가려서 받지는 않는다. 노형진의 경우는 사건이 워낙 많아서 일단은 다급한 피해자 위주로 받고 있기는 하지만, 억울한 가해자의 사건도 받기는 한다.

"성범죄라…… 꽃뱀에 물린 겁니까?"

억울한 성범죄 가해자라고 하면 그것밖에 생각이 나지 않았다. 아니, 그것 말고는 딱히 없었다.

그런데 그다음 말은 노형진이 얼굴을 절로 찡그리게 만들었다.

"그게 문제입니다. 고소한 사람이 딸과 아내입니다."

"딸과 아내요?"

"네."

"잠깐만…… 딸과 아내요? 가족이잖아요? 가족이 왜 성범죄로 고발합니까? 설마…….."

생각나는 것은 한 가지뿐이다.

"그쪽 주장에 의하면 아버지가 딸을 강간하고 낙태시켰다고 하더군요."

"끄응…… 골 때리는군요."

물론 절대 있을 수 없는 일이라고는 할 수 없다.

실제로 그런 사건이 일어나는 것도 현실이고, 나중에 어머니가 알고 소송하는 경우도 있기 때문이다.

그렇기 때문에 이쪽이 가해자가 아니라고 확신할 수는 없다.

"그거라면 제가 도와 드릴 만한 게 없을 것 같은데요?"

그런 인간이라면 변론해 주기는 하겠지만 노형진이 도와줄 만한 일은 아니다. 그 죄가 너무나 확실하기 때문이다.

딸과 아내가 이유도 없이 고소할 리야 없지 않은가?

"저도 그렇게 생각합니다. 하지만 조사할수록 이상해서요."

"이상하다고요?"

"네. 딸의 주장에 따르면, 자신이 임신했을 때 아버지가 철사로 된 옷걸이로 낙태시켰다고 했거든요."

"그런데요?"

"아버지 직업은 목수입니다."

"목수요?"

"네."

"흠……."

노형진은 손예은이 뭘 이상하게 생각했는지 알아차렸다.

경찰이라면 그냥 당연하게 생각할지도 모르지만 여기에는

논리적인 약점이 있었다.

"그게 가능한가요?"

"거의 불가능하죠."

낙태라는 것은 불법이기는 하지만 기본적으로 산부인과 의사들만이 가능한 의료 행위다. 당연히 그 행위를 하기 위해서는 여성의 생식기에 대한 지식과 임상 경험이 필요하다.

"아버지의 학력이 어떻게 되는데요?"

"고졸입니다."

"고졸이라……."

고등학교 학력을 가진 목수가 철사 옷걸이로 낙태를 시킨다? 그건 무리다.

"더군다나 한 번도 아니고 두 번이나요."

"한 번도 아니고 두 번이나?"

"네. 하지만 의뢰인은 강간을 하기는커녕, 옷 갈아입는 것도 본 적이 없답니다."

"흠……."

노형진은 진지하게 생각에 잠겼다.

손예은이 사건을 가지고 온 이유를 알 것 같았다.

'얼핏 보면 여자가 거짓말한 것 같기는 한데 한편으로는 딸에게 손을 대는 인간이 많은 것도 사실이고……. 거기에다가 어머니까지 편들었다는 걸 보니 완전히 거짓은 아닌 것 같기도 하고.'

여러모로 애매한 사건.

그런데 더 황당한 건 그다음 이야기였다.

"그래서 두 사람 다 거짓말탐지기 검사를 실시했습니다."

"둘 다요?"

"네. 둘 다 억울하다고, 그걸 해서라도 진실을 밝히겠다고 말이지요."

"거짓말탐지기 결과는 아직 법정에서 증거로 인정이 안 되는데요?"

"일단 자신들이 진실하다는 걸 증명하겠다는 거겠지요."

"그런데요?"

어찌 되었건 거짓말탐지기를 쓰면 누구 한 명은 거짓말이 탄로가 나기 마련이다.

그런데 그 결과는 손예은의 상식에서 벗어나는 것이었다.

"둘 다 진실을 이야기한다고 하더군요."

"뭐라고요?"

"거짓말탐지기에서, 두 사람 다 진실을 이야기한다고 나왔습니다."

"말도 안 되는 소립니다. 그게 가능할 리 없죠."

"하지만 그렇게 나왔습니다."

사기나 명예훼손의 경우 서로 말이 다를 수는 있다. 그래서 그런 경우는 둘 다 저마다 진실이라고 생각하기 때문에 양측 다 진실이라는 판단이 나올 수도 있다.

하지만 이건 명백하게 피해자와 가해자가 갈리는 강간 사건이고, 누군가 다르게 말한다고 해서 이야기가 달라지지도 않는다.

"그건 말도 안 됩니다."

물론 거짓말탐지기가 확실한 것은 아니다. 그렇기 때문에 아직까지 법원에서 그 증거능력이 인정되지 않는 것이다.

하지만 일단 진실이라는 압박은 할 수 있기 때문에 간간이 사용된다.

'그런데 둘 다 진실이라고?'

이건 이해가 되지 않는 상황이다.

"어떻게 둘 다 진실이 나오죠?"

"그래서 도움을 요청하는 겁니다. 저로서는 도무지 진실에 다가갈 방법이 없어서요."

노형진은 손예은의 마음이 이해가 갔다.

양쪽 다 진실을 말하는 상황이라고 가정하면 이 사건의 결과를 어떻게 판단하란 말인가?

'더군다나 양쪽 다 거짓말할 이유가 없단 말이지?'

"의뢰인은요? 현재 어떤 상황입니까?"

"구속 상태입니다. 아무래도 사건 자체가 중요한 것이다 보니까요."

"그렇겠지요."

노형진은 고개를 끄덕거렸다.

이런 사건이라면 기본적으로 구속 수사다. 더군다나 아내와 딸과 함께 산다면 위험에 처할 수 있으니 당연히 구속했을 것이다. 그들이 어딘가 다른 곳에 갈 수도 없을 테니까.

"일단은 이 사건에 대해 좀 더 확인을……."

노형진이 검토를 위해 서류를 달라고 하려는 순간 손예은의 전화기가 울렸다.

"잠시만요."

손예은은 양해를 구하고 전화기를 들어서 상대방과 통화했다. 그런데 다음 순간 그녀의 얼굴은 사정없이 일그러졌다.

"왜 그러십니까?"

"구치소에서 온 전화입니다."

"구치소에서 온 전화?"

"구치소 앞에…… 여성 단체들이 몰려왔답니다."

노형진의 얼굴이 사정없이 일그러졌다.

"가해자 박혁우를 사형에 처하라!"

"사형에 처하라!"

"죽여 버려!"

"이런 미친……."

노형진은 여성 단체를 보고는 한숨이 나왔다. 그들의 어이 없는 주장에 화를 낼 힘도 안 날 지경이었다.

"아니, 저 애들 왜 저래?"

심지어 같은 여자인 손채림조차 미친년들 보듯 할 정도로 그들의 주장은 막무가내였다.

"자기들의 존재 의의를 알리려는 겁니다."

손예은은 차갑고도 비웃는 듯한 표정으로 그들을 바라보면서 입을 열었다.

손채림은 아직은 그런 손예은이 불편한지 노형진을 바라보면서 설명을 부탁하는 얼굴이 되었다.

노형진은 천천히 입을 열었다.

"아무래도 여성운동은 한국에서 그다지 강하게 하는 운동이 아니거든. 뭐든 마찬가지겠지만."

"그런데?"

"문제는 저들의 주장과 다르게 한국의 성 평등은 생각보다 많이 진보되어 있다는 거야."

노형진이 말하자 갑자기 뒤에서 누군가가 버럭 소리를 질렀다.

"무슨 말을 그렇게 하세요? 우리나라 성차별이 얼마나 심한데요!"

노형진은 자신의 말에 끼어드는 여자를 보고 화를 내려고 했지만 그런 노형진을 손예림이 말렸다.

"그만하세요. 싸워 봐야 좋은 사람 아니니까."

"좋은 사람이 아니라고?"

"네, 민주여성단의 회장이에요. 남석영란이라고."

민주여성단. 지금 시위하고 있는 여자들이 속한 단체였다.

'아니, 왜 시위하는 데 안 끼고 여기 끼어?'

애초에 시위하러 왔으면 하면 그만이다. 제3자의 대화에 끼어들 이유가 없다.

하지만 그 여자는 그런 기본적인 예의를 아는 건지 모르는 건지, 오로지 노형진만 집요하게 공격하기 시작했다.

"우리나라가 얼마나 여성 차별이 심한지 알아요? 우리나라 대학생 비율이, 남성이 여성의 두 배라고요! 그리고 우리나라 여성들이 얼마나 차별받는데요? '유리 천장'이라는 말도 몰라요? 승진도 안 된다고요. 거기에다 여자가 남자보다 동일한 시간을 일해도 동일한 임금을 못 받는 건 알아요?"

"네네, 죄송합니다. 제가 잘못했습니다."

노형진은 그녀에게서 벗어나려고 슬쩍 넘어가려고 했다.

'이건 끝이 없다.'

회귀 전에도 몇 번이나 이런 타입의 사람들과 싸워 봤다.

하지만 노형진의 경험상 이런 싸움은 절대로 이기지 못한다. 논리와 이성의 문제가 아니라, 오로지 우기기만 하기 때문이다.

논리와 팩트로 자신을 공격하면 이건 반격이라도 해 보지, 그냥 무조건적인 논리로 자기 말에 호응하지 않으면 여성 차별주의자라는 식으로 대꾸하는 사람 상대로는 이기기는커녕 아예 대화가 안 되는 것이다.

"그런 자세가 문제라고요! 알아요? 지금 그런 자세로 여성운동을 대하니까 사회가 이 모양이지!"

"저기 죄송합니다만, 저희는 의뢰인을 만나러 온 겁니다만."

"그딴 범죄자 만나는 게 중요해요? 여성운동에 대해 더 잘 아는 게 중요하지? 그리고 당신 말이야, 여자로 태어나서 양심도 없이 그렇게 남자 흉내를 내는 게 좋아? 여자면 여자답게 피해자를 편들어야지, 가해자를 지켜 줘? 당신 여성 젠더의 양심은 어디다 팔아먹은 거야?"

"전 변호사입니다."

"그러니까 남자 흉내를 내려고 하는 거 아니야!"

"그러니까, 저는 변호사로서……."

이번에는 발끈하려는 손예림을 노형진이 말렸다.

"말 안 통하는 거 알잖습니까?"

"끄응……."

"이봐, 지금 뭐라고 하는 거야?"

"아닙니다. 저희가 진짜 바빠서 그러는데요, 저희 이만 갑니다."

그리고 휙 도망가는 노형진.

손채림과 손예은은 남석영란과 노형진을 번갈아 보다가 잽싸게 노형진 쪽으로 붙었다.

이것이 법이다

남석영란은 길길이 화를 내려고 하다가 결국은 어쩔 수 없이 자신들의 무리가 있는 쪽으로 다가갔다. 손채림은 그런 그녀를 보면서 노형진에게 물어봤다.

"네가 도망가는 건 처음 봐."

"하하하…… 그냥…… 말을 말자. 저쪽은 말이 아예 안 통해."

"왜?"

"그냥…… 그래."

물론 여성 차별이 없다는 소리는 못 한다. 노형진도 그 부분은 알고 있고, 그 때문에 최소한 새론에서는 그런 일이 벌어지지 않도록 하고 있다.

"그런데 말이야, 저런 사람은 차별을 차별로 받아들이는 게 아니라 피해망상으로 받아들여."

"피해망상?"

"그래. 차별이라고 하면 그걸 고쳐야 하는 게 정상이지? 안 그래?"

"그렇지."

"하지만 저런 타입에게는 고치는 게 중요한 게 아니야. 그냥 싸우는 게 중요한 거지."

가령 여자가 어떤 불이익을 받는다면 그걸 고쳐서 공평한 대우를 받게 만드는 게 중요한 게 아니라, 그걸 뒤집어서 남자에게 불이익을 주는 것이 목적인 것이다.

"저들은 논리로 말을 해 봐야 말이 안 통해."

"그런가?"

"그렇습니다. 저로서도 그다지 부딪치고 싶지 않군요."

심지어 손예은조차 고개를 절레절레 흔들 정도였다.

노형진도 노형진이지만 도망가지 않는 걸로 유명한 손예은조차 그런 말을 하자 손채림은 신기하다는 표정이 되었다.

'하긴. 넌 모를 세계다.'

그녀는 몇 년 전까지만 해서 온실 속에서 조심스럽게 자란 화초였다. 그런 그녀가 세상으로 나온 것은 얼마 안 되니 이러한 황당한 상황은 처음일 것이다.

"대표적인 예를 들어 줄까?"

"응?"

그저 말로만 하는 건 아무래도 오해가 있을 수 있기 때문에 노형진은 명확한 설명을 해 주기로 했다.

"방금 저 사람이 한 이야기 중에, 한국은 남자 대학생이 두 배 정도 많다고 했잖아."

"그렇지."

"그 수치가 나온 곳이 어디냐면, 해외 여성운동 사이트야."

"그러면 맞는 말인가?"

"그런데 넌 대학 다니면서 남자가 그렇게 많다고 느껴 본 적 있어?"

손채림은 잠시 생각하다가 고개를 흔들었다.

학과마다 다르지만, 그렇게 극단적으로 남자가 많은 것 같지는 않았기 때문이다.

"그건 아닌 듯?"

"그게 왜 그러냐면, 그 내부의 통계 수치가 잘못되어 있거든."

"통계 수치?"

"그래. 남자는 대학을 4년이 아니라 6년을 다니지."

"아니, 왜 대학을 6년을 다녀?"

"군대가 있잖아."

"아!"

"그게 통계의 오류죠. 통계는 명확하지만 해석할 때 어떻게 하느냐에 따라 결과가 전혀 달라지니까요."

손예은도 그걸 아는 건지 설명해 줬다.

통계의 오류는, 쉽게 말해서 단순 통계다 보니 내면의 자세한 내용을 못 보는 걸 말한다.

남녀 대학생 숫자의 비밀 같은 경우, 남자는 군대를 가서 휴학한다. 그러나 통계를 낼 때에는, 그들의 신분은 대학생이 된다.

그에 반해서 여자는 군대라는 기간이 없이 바로 졸업한다.

4년제 대학을 기준으로 했을 때 여자는 말 그대로 4년이지만, 남자는 6년이라는 시간이 걸리는 것이다.

"그러니까 쉽게 말해서 그들의 통계 수치는 '대학생+대학을 다니다가 온 군인들'이 되는 거지."

그렇게 되면 어쩔 수 없이 대학생의 숫자는 남자가 많아질 수밖에 없다.

"저들의 통계는 이런 식으로 내면의 성찰 없이 단순 숫자로 장난을 치는 경우가 많거든. 그걸 절대로 인정하지 않고."

"헐, 그걸 그냥 둬?"

"한국에서 여성운동은 하나의 권력입니다. 그렇기 때문에 우리가 어떻게 할 수가 없고요."

노형진과 손예은의 말에 손채림은 독일에 공부하러 갔을 때가 생각났다. 그곳에서는 이런 식으로 혐오하는 사람이 없었던 것이다.

아니, 있다고 해도 제대로 기를 펴지 못했다. 그저 찌질이 취급이었으니까.

"그건 그렇다고 치고, 왜 갑자기 우리 사건에 저들이 끼어든 거야?"

"간단해. 이슈가 되니까."

"이슈?"

"네. 결국 돈이 문제죠."

대한민국 정부는 이러한 사회운동을 하는 집단에 예산을 지원해 준다.

문제는 사회운동을 하는 집단이 한두 곳이 아니다 보니 공평하게 줄 수가 없다는 것이다.

"그러면 일단 자기 입맛에 맞는 곳, 그다음에는 유명한 곳을 지원해 주기 마련이지."

"아!"

손채림은 바로 이유를 알 수 있었다.

그러고 보니 아까 민주여성단이라는 곳이 시위하는 앞에는 기자들이 가득했다. 자신들은 변호인이라 다른 입구를 쓰기 위해 그곳으로 가는 중이고 말이다.

"생각해 봐. 얼마나 자극적이야?"

수년에 걸친 친부의 강간. 그것도 모자라서 2회에 걸친, 철사 옷걸이를 이용한 낙태.

거기에다 피해자 여성은 수년간 해외에서 공부했을 정도의 인텔리다. 그런데 그런 그녀조차 그러한 성적 범죄행위의 희생양이 되었다.

"딱 언론과 여성 단체들이 좋아할 만한 주제야."

"하지만 성범죄가 그것만 있는 게 아니잖아?"

"그러니까 문제야. 결국 그 범죄의 중요성을 판단하는 건 언론이거든. 사람들은 자신이 생각하는 주제를 스스로 생각한다고 느끼지만, 현실은 아니거든."

사람들이 생각하는 대부분의 사회적인 주제는 언론에서 이야기하는 것이다. 그렇다 보니 대부분의 사람들은 언론에서 말하는 사건의 바깥으로 나가지 않는 성향이 강하다.

"그래서 언플이라는 게 존재하는 거고."

뭔가를 이용해서 덮어 버리는 것. 그게 언플의 기본이다.

"그래서 정치인들이 인터넷을 그렇게 싫어하는 거야. 언론도 당연히 싫어하고."

인터넷은 그들이 주는 주제가 아니라 자신이 스스로 주제를 찾아서 생각할 기회를 주기 때문이다.

"어찌 되었건…… 상황은 안 좋아."

저들이 저렇게 몰려들었다는 건 한 가지를 뜻한다.

얼마 후면 이 사건이 대서특필될 거라는 것.

'빠르면 오늘 밤…… 늦어도 내일이겠군.'

그러면 언론에서는 이 사건을 엄청나게 언급할 것이고, 그럴수록 자신들은 불리해질 것이다.

"죄송합니다, 제가 사건을 관리를 못해서."

"아니요……. 그건 아닙니다."

노형진은 얼굴을 찡그렸다.

"이런 건 변호사가 감추려고 한다고 감출 수 있는 게 아닙니다. 이런 사건을 찾아내는 부서가 있거든요."

"있다고요?"

"네."

현재 이 나라의 정권은 여러 가지 실수를 하고 있어서 아마추어 정권이라고 불리고 있다. 그리고 그걸 덮기 위해서는 자극적이고 사람들의 관심을 끌 만한 사건을 던져 줘야 한다.

"이건 우연히 새어 나간 게 아니라 그들이 사건을 찾아낸 겁니다."

"하지만 한국에서 사건이 한두 건이 있는 게 아닐 텐데요?"

"압니다. 하지만 그들의 마음에 들 만한 사건을 찾는 건 그들의 일이죠."

그걸 위해 그들이 뿌려 놓은 선이 언론사부터 각 지자체와 경찰, 소방 쪽까지 다 닿아 있다.

"그들이 이걸로 덮자고 하면 언론에서는 그걸 집중적으로 캐는 겁니다. 그리고 재수 없게 이번 사건이 걸린 거구요."

노형진으로서는 아차 싶은 실수였다.

자신이 처음부터 담당했다면 어떻게 해서든 상황을 바꿨을지도 모른다. 하지만······.

'아니야. 그런 생각은 말자.'

노형진은 잠깐 그런 생각을 하다가 고개를 흔들었다.

상대방은 자극적인 소재로 사건을 덮기를 바란다. 그러니 저들을 자신이 담당했다고 해도 이런 사건을 놓칠 리 없다.

'젠장······.'

물론 더 강렬하고 자극적인 사건도 있다.

하지만 인간은 묘한 존재라, 너무 구역질이 나는 사건은 아예 눈을 돌려 버린다. 그러니까 적당히 자극적이면서도 적당히 사람들의 관심을 끌 사건이 필요했는데 그게 이것인 것이다.

"들어가자."

노형진은 생각을 정리하면서 안으로 들어갔고, 잠시 후 피의자인 박혁우를 만날 수 있었다.

"마음고생이 심하시겠군요."

"하아…… 진짜 전 돌아 버리겠습니다."

박혁우는 억울해서 죽을 지경이었다.

어떻게 해서든 진실을 밝히려고 했지만 도무지 방법이 없었던 것이다.

"따님은 뭐라고 하던가요?"

"아예 말 자체를 안 하려고 합니다. 강간범 새끼랑은 이야기 안 한다면서요."

"아버지인데도요?"

"그러니까요. 그 애는 더 혐오한다고요, 아버지가 자신을 강간했다고."

"음……."

노형진은 얼굴이 일그러졌다.

흔하게 있는 반응이다. 더군다나 아버지에게 예속되어 있는 성격도 아니고 말이다.

"그런데 이해가 안 가는 게 말입니다, 저도 그 사건 일지를 봤는데, 강간은 12세부터 시작되었다고 되어 있는데 그걸 왜 18세가 된 지금 와서 신고한 겁니까?"

"정신과 의사는 충격에 의한 기억상실이라고 하더군요."

"충격에 의한 기억상실?"

"네."

"흔한 경우는 아니군요."

충격에 의한 기억상실은 사람이 어떤 고통을 겪은 경우에 그 고통을 잊어버리기 위해 사건 자체를 기억하지 못하는 현상을 말한다.

물론 그런 경우는 무척이나 드물게 일어나는 일이다.

"그래서 충격에 의한 기억상실로 기억하지 못하다가 이제 기억이 돌아와서 신고를 했다?"

"네."

"흠……."

노형진은 잠시 고민했다.

'확실하게 하는 게 좋겠지?'

아무리 변론하기로 했다고 하지만 어찌 되었건 가장 중요한 것은 진실이다.

지금 상황에서는 양쪽 중 한 명은 거짓말을 한다고 볼 수밖에 없다. 그렇다면 의뢰인이 거짓말을 했을 수도 있는 일.

노형진은 박혁우의 손을 잡고는 진지하게 물었다.

"그런데 진짜로 따님에게 손을 댄 적이 없습니까?"

"아니, 변호사님까지 왜 그러십니까? 저 진짜 억울합니다. 전 아무것도 안 했다니까요. 평생을 딸 하나 바라보고 살았습니다. 저 그런 후안무치한 놈 아닙니다."

그는 명확하게 말했고, 노형진의 손 너머로 그 진심이 흘러들어 왔다.

"확실히……."

이러한 감정은 기억과는 다르게 느껴진다.

만일 진짜로 강간했다면 그에 관련된 기억이 조금이라도 생각이 나야 한다.

하지만 그는 그런 게 전혀 없었다. 오로지 진실만을 이야기하고 있었던 것이다.

"알겠습니다. 믿어 드리지요."

"진짜 믿어 주시는 겁니까?"

"네."

"감사합니다. 저 진짜로 힘들어 죽겠습니다, 흑흑……. 자기 딸 건드린 놈이라고, 사람 취급도 안 해 준다고요."

경찰은 물론이고 검찰이나 간수들, 심지어 죄수들조차 자신이 죄를 저지르지 않았다고 생각해 주지 않았다.

'쩝. 하긴, 우리나라는 무죄 추정의 원칙 따위는 개나 줘 버린 지 오래니까.'

무죄 추정의 원칙이란 어떤 사건이 벌어졌을 때 재판에서 결과가 나오기 전까지 무죄로 추정한다는 원칙이다.

현대 법정주의의 대원칙이며 또한 인권을 지키기 위한 가장 기본적인 원칙이지만, 정작 대한민국에서는 지켜지지 않는 원칙 중 하나다.

'그런데 그러면 일이 이상하게 된다는 말이지.'

박혁우가 거짓말을 한 것이 아니라면 결국 거짓말을 한 것은 박혁우의 딸인 박세양과 아내인 안국림이라는 소리다.

'그런데 그들이 거짓말을 할 이유가 없잖아?'

박혁우가 재산이 많은 것도 아니다. 거기에다 주변의 증언에 따르면 그가 가정 폭력을 행사한 것도 아니다.

도무지 그들에게 이득이 될 만한 것이 없었다.

'이득이 없는데 거짓말을 한다? 그건 말도 안 돼.'

물론 정신병자라면 그게 가능하다.

하지만 그녀들의 합법적인 법률행위 과정을 봐서는 비정상적인 정신 질환은 발생하지 않은 듯했다.

"혹시 그 전에 이상한 일이 있었습니까?"

"그럴 리가요. 제가 해 줄 수 있는 건 다 해 줬는데요. 진짜 딸아이만 바라보며 제 모든 걸 바쳐 왔는데…… 흑흑흑."

박혁우는 울면서 자신의 삶을 후회했다.

정작 딸이 배신하고 나자 남은 것은 아무것도 없었다.

'하아, 이거 참.'

노형진은 그런 그를 보면서 왠지 자신의 과거, 아니 회귀 전 미래가 생각이 났다.

자신이 모든 것을 다 바쳤던 아이가 자신의 아이가 아니라는 사실을 알았을 때의 그 비참함. 아마도 그 기분과 비슷하지 않을까 하는 생각도 들었다.

"일단은…… 제가 그 두 분을 만나서 이야기해 보도록 하죠."

"제발 부탁입니다. 저는 진짜 지쳐서 못 살겠습니다. 도무지…… 이 세상을 살고 싶지가 않아요."

"걱정하지 마세요. 잘 해결될 겁니다."

노형진은 그렇게 말하면서 그를 최대한 진정시켰다.

"아니, 당신이 왜 나옵니까?"

노형진은 일단 사건 당사자와 이야기해 보려고 했다. 그래야 사건의 진상을 알 수 있기 때문이다.

물론 박혁우의 기억을 읽어서 일단 그가 무죄인 건 알았지만, 딸과 아내가 왜 허위 고소를 했는지는 여전히 몰랐다.

그래서 그들을 만나기 위해 약속을 잡았는데, 약속 장소에 나온 사람은 노형진이 기다리던 딸 박세양과 어머니 안국림이 아니라 남석영란이었다.

"그 두 분을 대신해서 나왔습니다."

"그 두 분을 대신하다니요? 그게 무슨 말도 안 되는 소리입니까?"

"말 그대로예요. 그 두 분을 대신해서 제가 이야기하려고 나왔습니다."

"당신이 뭔 자격으로요?"

"대리인으로서 그리고 한국의 여성운동가로서, 이러한 성범죄의 2차 피해를 막기 위해서입니다."

"2차 피해?"

"그렇습니다."

당당하게 말하는 남석영란.

그러나 노형진의 입장에서는 어이가 없어서 말이 안 나올 지경이었다.

"지금 내가 그렇게 아마추어 같아 보입니까?"

"글쎄요. 그런 인간들이 워낙 많아서 말이지요."

"큭……."

노형진은 대꾸할 수가 없었다.

박혁우를 무조건 가해자 취급하는 잘못된 세상이지만, 또 그렇다고 피해자를 보살피는 세상도 아니기 때문이다.

'젠장, 그동안 저지른 새끼들이 워낙 많으니 말을 못 하겠네.'

가해자를 증오하는 건 좋은데 그러면 최소한 피해자에게는 동정심을 가지고 조심하기라도 해야 한다.

그런데 이 나라는 가해자를 증오함과 동시에, 피해자에게는 동정심을 가지는 게 아니라 온갖 말도 안 되는 소리로 2차 피해를 만들어 낸다.

실제로도 어떤 경찰은 수사 중에 피해자에게 '체위는 어떻게 했느냐? 좋았냐?' 같은 질문을 하기도 할 정도로 2차 피해를 우려할 만한 일이 많았다.

"우리는 그런 이상한 목적이 아니고요, 아무래도 변론하기로 한 사건이니 상대방 의견을 직접 들어 보고 싶어서 그런 거예요."

손채림은 어이가 없어 하는 노형진을 대신해서 어떻게 해서든 설득해 보려고 이야기를 꺼냈다.

그러나 그런 손채림에게 돌아온 말은 차가운 비웃음뿐이었다.

"남성 주의에 빌붙어서 사는 당신이 하는 말을 믿을 것 같습니까?"

"빌붙어 산다고요?"

"안 그런가요? 남성 위주의 세계에 편입하려면 남성에게 빌붙어야 하는 거 아닌가요? 그렇게 해서 그 자리에 올라가니 좋습니까?"

어이가 없는 논리에 노형진은 머리가 지끈거리기 시작했다.

'이런 씨발.'

노형진으로서는 사건이 너무 복잡해지고 있다는 것을 느끼고 있었다. 그리고 그 가운데에는 이 남석영란이 있었다.

"저희는 2차 피해를 만들려고 하는 게 아닙니다. 피해자분들의 의견을 듣고 진심으로 사건을 해결하고자 하는 겁니다."

"다들 그렇게 말하지요."

"여성학자와 정신과 의사도 대동하고 피해자분을 만나겠습니다. 원하시면 남석영란 씨도 동석하셔도 되고요."

"필요 없습니다. 피해자에게 정신적 압박을 줘서 합의를 도출해 내려고 하는 걸 모를 것 같습니까? 뻔하죠. 그래도 아버지이니 한 번만 봐줘라, 하는 식으로 동정심 유발해서 합의서만 써 내면 사건은 무마될 테니까요."

"아니, 그런 게 아니라니까요."

노형진은 그렇게 합의할 생각이 없다. 애초에 이쪽이 진실 인데 왜 합의하겠는가?

노형진이 궁금한 것은, 왜 그들이 거짓말을 하면서까지 신 고를 했느냐는 것이었다.

"더 이상 할 말은 없습니다. 남성적 우월주의로 뭉친 당신 들과 이야기해 봐야 아무런 소용도 없다는 건 내가 더 잘 아 니까요."

'아놔, 돌아 버리겠네.'

노형진은 상대방의 상황이 생각보다 심각하다는 걸 알아 차렸다.

"저희가 뭔가를 하려고 하는 게 아닙니다."

"아니긴요. 뻔하죠. 왜 아버지가 하지도 않은 일을 했다고 신고했느냐고 따지고 들면서 상대방에게 2차 피해를 주려고 하는 거 아닙니까!"

"그건 확인 절차잖아요!"

"그 질문 자체가 2차 피해라는 걸 이해 못 합니까? 그 질 문을 할 때마다 피해자는 그 당시를 회상해야 합니다. 당신 같이 여성성에 대한 최소한의 배려도 없는 사람과 더 이상 이야기할 가치는 없어 보이는군요."

자리에서 벌떡 일어나서 나가 버리는 남석영란. 그리고 덩

그러니 남은 노형진과 손채림.

결국 손채림은 기가 막히다는 듯 입을 열 수밖에 없었다.

"저거 미친 거 아냐?"

"심각합니다. 노 변호사님 말씀대로 남석영란에 대해 조사해 봤는데, 이건 그냥 투견이 따로 없습니다."

"후우."

남석영란은 정치인 아버지 아래에서 자라난 사람이었다.

아버지 자체는 썩어 빠진 정치인들 사이에서는 나름 뛰어난 사람이었다. 그래서 고작 1선밖에 하지 못했지만.

하여간 그런 그녀의 아버지는 그녀가 자립심을 가지고 자신의 삶을 개척할 수 있게 도와줬다.

"그런데 그녀가 여성 우월주의에 빠진 걸 미처 몰랐다는 게 문제지요."

그녀는 뛰어나고 능력이 있는 사람이었다. 그건 누가 봐도 맞는 말이었다.

문제는 그 능력이 독이 되었다는 것.

"그녀는 어지간한 남성보다 능력이 있습니다. 그런데 그게 문제였죠. 능력이 있는 건 좋은데 그걸 가지고 남자들을 적대적으로 대했으니까요."

"그렇겠지요. 안 봐도 뻔하네요."

노형진은 그런 여자들을 많이 봤다. 아니, 숱하게 싸웠다. 그래서 그런 여자들의 성향을 너무나 잘 알고 있었다.

"그들은 뭔가를 말할 때 자신의 능력을 너무 과신해요."

물론 그녀가 맞는 경우도 있었다. 아니, 상당수의 경우 그녀가 맞았다.

문제는 남녀를 떠나서 예의라는 것을 제대로 차리지 못하는 경우 상대방이 싫어한다는 것.

"그래서 회사 내부에서 왕따를 당한 모양이더군요."

"끄응······."

아무리 잘났다고 해도 아래쪽에서 들이받아 버리면서 이야기하는데 좋아하는 사람은 없다.

"끄응······ 물론 그 마음이야 이해가 가지만······ 영 안 좋은 데에 빠졌네."

손채림조차 상황을 듣고는 머리를 절레절레 흔들었다.

"그러게나 말이다."

웃긴 일이지만 대한민국은 아랫사람이 올바른 소리를 하면 싫어한다. 그럴 수밖에 없는 게, 그 말은 곧 윗사람이 그동안 해 온 일이 잘못되었다는 뜻이 되기 때문이다.

그래도 낭중지추라는 말처럼 뛰어난 사람은 주머니 밖으로 튀어나오기 마련이다.

'문제는, 이 사회는 그걸 받아들이지 못한다는 거지.'

그러면 그렇게 뛰어난 사람은 세 가지 길 중 하나를 선택해야 한다.

첫 번째가 자신의 사업을 하면서 자신의 길을 가는 것. 일이 힘들고 고달프다고 해도 자신이 맞다고 하면 그 길이 맞다.

두 번째는 자신의 의견을 꺾고 조직에 순응하는 것. 일단 처음은 힘들지만 이 길을 선택하면 세상 살기는 편해진다.

'제일 골치 아픈 게 세 번째지.'

세 번째는 그것에 대해 증오만 가지고 엉뚱한 방향으로 가는 것.

그리고 남석영란은 명백하게 세 번째였다.

"그 이후에 여성운동에 투신했습니다. 극단적이고 뛰어난 능력 덕분에 여성운동에서 수차례 승리했고요."

"승리라……."

노형진은 왠지 씁쓸했다.

남자와 여자는 함께 살아가야 하는 사람들인데 승리라니. 이건 진짜 적으로 대하는 태도가 아닌가?

"악순환이네요."

"그렇지요."

그렇게 승리를 거두면서 주변에서는 그녀를 우러러보는 사람이 많아지고 그러면서 그녀의 남성 혐오는 더욱 극단적으로 변질되어 간 것이다.

"애초에 그녀가 만나서 이야기할 만한 상황은 아니기는 합니다만."

"그녀의 입장에서는 이미 자신의 신념에 매몰된 상황이니까요."

그냥 여성운동을 하는 사람이라면 동석하든가, 심리학자를 동석한 상황에서 상대방의 말을 조심하면서 확인하면 된다. 그들이 법적으로 최선을 다할 수 있는 한계가 그 정도다.

"그런데 아예 만나지도 못하게 한다는 건, 그거죠. 모든 상황을 내가 통제해야겠다."

말로는 여성의 2차 피해를 막겠다지만 실제로는 그게 아니라 자신이 지금 상황을 통제하고 싶은 것이다.

"경찰도 조사를 할 때 고생했다고 하더군요."

"고생?"

"네, 서면조사만 응하겠다고 선을 그어 놨답니다."

"헐."

서면조사란 어떠한 사정으로 고발자가 현장에 갈 수 없을 때 서면으로 질문해서 답변을 받는 것을 말한다.

"그럼 고발이 진행은 돼요?"

"애석하게도 됩니다. 사건이 정치적으로 변질되면서 압력이 강하거든요."

그냥 일반적인 사건이었다면 대질심문이나 기타 다른 방식이 사용되었을 것이다.

그러나 사건이 정치적으로 변질되면서 위에서는 해결하라

고 압박을 가하고, 그 상황에서 사건을 빨리 진행시켜야 하는 경찰의 입장에서는 다른 건 포기한 채로 서면조사만 할 수밖에 없다.

"좋게 말하면 피해자의 2차 피해를 막겠다는 건데……."

손예은 변호사도 조사 내용을 보다가 어이가 없다는 듯 침묵을 지켰다.

"실질적으로는 이런 말을 했다고 하는군요. 왜 돈 가진 남자는 서면조사를 하고 돈 없는 여성은 현장 조사를 하느냐고."

"……."

노형진은 점점 늘어나는 그들의 기행에 머리가 지끈거리는 느낌이었다.

"서면조사 자체도 성실하게 진행된 건 아니라고 합니다. 자신들에게 조금만 불리한 말이 나오면 여성 차별성 질문이라고 답변을 거부했다네요."

"머리가 아프군……."

노형진은 남석영란의 행동에 도무지 뭐라고 해야 할지 감도 잡지 못할 만큼 당황스러웠다.

"아니, 그런 사건이 진행돼요?"

손채림은 손예은의 말에 기가 막히다는 듯 물어봤다.

"애석하게도 그때쯤은 상부에서 이미 찍어 둔 상황이니까요."

"찍어 둔 상황?"

"이 사건을 크게 키워서 뭔가를 덮고자 하자는 거지. 사실

일반적인 경우라면 이런 경우는 재조사하거나 '혐의 없음'으로 넘어가겠지. 하지만 이미 언론에 덮는 용으로 쓰기 위해 사건을 진행 중이라고 뿌려 버렸으니 이 상황에서 만일 답변이 제대로 되지 않았다는 이유로 사건을 '혐의 없음'으로 끝내 버리면 정치적으로도 곤란하고 여성계도 크게 반발할 게 뻔하거든."

결국 사건을 무리해서라도 진행시키는 수밖에 없는 것이다.

"그런 게 말이나 돼? 여기는 대한민국이라고!"

"대한민국이 아니라 미국이라고 해도 정치적인 일이 끼면 제대로 처리되기 힘들어. 그게 현실이야."

노형진은 격앙되는 손채림을 진정시키면서 말했다.

"결국 사건은 진행되었고, 남석영란은 피해자 보호라는 이름하에 그들을 대신해서 사실상 모든 일을 진행하고 있습니다."

"그거 변호사법 위반 아니야?"

"이게 애매한 부분이지."

만일 변호사법에 위반되려면 상대방을 대신해서 법적인 뭔가를 해야 한다. 그러나 지금 남석영란의 행동은 법적인 뭔가를 한 게 아니라 피해자 보호 업무를 한 것이다.

"답변을 한 것도 아니고 그렇다고 뭔가를 주장한 것도 아니야."

"하지만 우리한테 한 건?"

"그녀가 공격적이기는 했지만 피해자인 박세양과 안국림이 만나는 걸 거부했고 그걸 전달한 거라면 법적인 문제가 안 돼."

"거참…… 복잡하네."

"그러게 말이야."

노형진으로서는 상대하기 까다로운 사람을 만난 것이다.

외부적인 대의는 그녀에게 있고 사회적인 정의 역시 그녀에게 있다.

물론 그녀의 행동이 과하기는 하지만 그렇다고 그걸로 소송을 걸거나 자신이 뭔가 할 수 있는 상황도 아니다.

"사람이 신념을 가지면 무섭다더니 딱 그 짝이네."

손채림의 말.

노형진은 긍정할 수밖에 없었다. 그게 정확하게 딱 맞는 말이었기 때문이다.

"더군다나 잘못된 신념을 가지면 여럿 피곤해지지."

그리고 그렇게 피곤해지는 사람들 중에는 자신들도 있었다.

"어쩔 수 없지……. 우리가 해결할 수 있는 방법을 찾는 수밖에."

노형진은 그렇게 중얼거리면서 머리를 부여잡았다.

"그 사람들이 있는 곳을 찾았어."

"어딘데?"

"엘비스 호텔."

"흠, 엘비스 호텔이면 5성급이군."

"그래. 사건 신고 이후에 줄곧 그곳에서 보호받고 있다나 봐."

"돈이 장난이 아닐 텐데요?"

손채림은 정보 팀을 통해 박세양과 안국림이 있는 곳을 찾아냈는데, 그곳은 다음 아닌 5성급 호텔인 엘비스 호텔이었다.

"아무래도 이슈화된 일이다 보니 지원금이 적지 않게 들어오겠지."

"지원금이 적지 않게 들어온다고?"

"그래. 이게 사회 동의 이면이야. 전에도 말했잖아."

언론에 잘 드러나는 집단일수록 지원금은 더 많이 들어온다. 그리고 그 조직이 지원금을 잘 쓴다고 판단될수록 더 많은 사람들이 지원금을 주려고 한다.

"일종의 가면이지. 이슈화와 더불어 자금화시키는 거야."

"자금화라……."

"예를 들어 보자면, 지금 상황에서 남석영란이 5성급 호텔을 빌려서 숙박하게 하는 데 얼마나 들 것 같아?"

"음…… 한 300만 원?"

"그것보다 적게 들어. 장기 계약의 경우 할인이라는 게 들어가니까. 아마도 사건 해결에 걸리는 시간인 3개월을 잡는다면 한 사백에서 오백이면 빌릴 수 있겠지. 하지만 이 단체에서 이런 식으로 피해자를 위해 쓴다고 하면 사람들의 지원금은 이쪽으로 몰려. 그 금액은 백 단위가 아니야. 억 단위지."

"설마?"

"장담하는데, 조만간 우연을 가장해서 이들이 지내고 있는 숙소가 언론에 공개될 거야."

"사회단체에 대해 너무 부정적인 거 아냐?"

"부정적인 게 아니라 현실이 그래. 진짜 누군가를 돕기 위해 움직이는 사회단체는 정작 도움을 못 받아. 이것저것 법의 제한을 당하거든. 하지만 법의 테두리 내에서 자기 어필을 잘하는 사회단체일수록 돈이 넘치지. 일부는 자신의 이익을 위해 사회단체를 하기도 하고. 이건 어디나 마찬가지야. 우리나라뿐만 아니라 미국이나 유럽도 마찬가지지. 결국 그걸 간파하려면 공무원이 열심히 일해야 하는데, 그게 거의 불가능하니까."

"흠……."

손채림은 불만스러운 얼굴이 되었다. 사회단체가 그런 조직일 거라 생각하지 못했기 때문이다.

"대표적으로 예를 들어 볼까? 〈동물 나라〉라는 프로그램 본 적 있지?"

"있지."

"거기에서 구출되는 수많은 짐승들도 봤고."

고개를 끄덕거리는 손채림과 손예은.

"한 마리씩 구조될 때는 대부분 입양되지. 그런데 대량으로 구조될 때는? 어떻게 될 것 같아?"

"어?"

"글쎄."

〈동물나라〉는 위기에 처한 동물들을 구해 주는 프로그램으로, 대부분 입양이라는 훈훈한 모습으로 끝난다. 그래서 많은 사람들이 그들과 함께 일하는 동물 보호 단체에 막대한 지원금을 내고 있다.

"그렇게 대량으로 구조되는 아이들은 대부분 안락사로 인생이 끝나."

"뭐라고?"

"그럴 거면 그걸 왜 구해?"

"그러니까. 그들에게 중요한 건 구하는 장면인 거지, 그 아이들의 생명이 아니야."

실제로도 이러한 문제는 전 세계적으로도 문제가 되고 있다.

유럽에서도 노숙자가 키우던 강아지를 동물 보호론자들이 동물을 키울 자격이 안 된다는 이유로 강제로 빼앗아 가는 사건이 벌어지기도 했다. 그런데 그 과정에서 그 노숙자에게 폭행을 가했으며, 강아지가 강제로 끌려가면서 울부짖는 모습이 그대로 인터넷에 공개되었다.

당연히 그 사건으로 유럽은 분노했고 결국 그들이 체포되어 수사받았는데, 그 과정에서 그들의 진짜 목적은 구하는 것이 아닌 그걸 실적으로 인정받아 정부의 지원을 받는 것이었음이 드러났다.

결국 그들은 3년 형이라는, 단순 절도에 비하면 상당히 강력한 처벌을 받았다.

'그건 우리나라도 문제라는 게 함정이지.'

실적을 적당하게 보여 줄 수만 있다면 지원받는 것은 어려운 일이 아니다. 심지어 몇몇 단체들은 그렇게 들어온 지원금이 넘쳐서, 누군가 지원하려고 한다고 해도 그런 지원자를 찬밥 취급하기도 한다.

"확실히 그런 건 심각한 문제죠."

손예은도 불만스러운 얼굴이 되었다.

"저 역시 그 부분에 대해서는 어느 정도 아니까요."

"어느 정도?"

"제가 미혼모 시설을 지원해 주는데, 그곳은 정부의 지원을 받지 못합니다."

"왜요?"

손채림은 어리둥절했다. 미혼모 시설은 정부의 지원을 받는 시설로 알고 있기 때문이다.

물론 노형진은 그 이유를 이미 알고 있었지만, 손예은의 츤데레 성향 또한 잘 알고 있기 때문에 모른 척 그녀의 말을 기다렸다.

"정부에서 허가하지 않은 사람들을 도와주니까요."

"정부에서 허가하지 않은 사람들?"

"그곳에 있는 사람들은 한국으로 온 노동자나 유학생같이, 한국 국적을 가지지 못한 사람입니다."

그녀의 말에 따르면 그런 사람들을 도와주는 미혼모 시설은 공식적으로 법의 지원을 받지 못한다. 지원이라는 것이 국민에게만 한정되어 있기 때문이다.

"그나마 유일하게 돈이 들어오는 경우가 방송이나 언론에 자신들이 나갔을 때라고 하더군요."

노형진은 고개를 끄덕거렸다.

"어차피 저들을 도와주는 기간은 3개월이야. 그 이후에는 나 몰라라 하지. 하지만 그 3개월이면 못해도 몇억은 받아 낼 수 있지."

"헐."

손채림은 불편한 얼굴이 되었지만 노형진은 아무렇지도 않았다. 한두 번 본 것이 아니기 때문이다.

자신이 세상 모두를 구할 수는 없으니까. 그런 걸 고통스 러워하면 자신만 힘들 뿐이다.

"그러면 그곳에 있는 사람을 어떻게 만날 거야? 그래야 사 건이 진행될 것 같은데?"

"아마 지금은 안 될 거야."

"왜?"

"5성급이라고 해도 기본적인 보안은 있어. 다짜고짜 우리 가 가서 만나자고 해도 만나 줄 리 없지."

"하지만 우리가 그들을 만나지 않고 사건을 진행할 수는 없을 텐데요?"

"그러니까 저들이 언론에 공개하는 시점을 노려야 한다는 겁니다."

"공개하는 시점?"

"네, 아까도 말했다시피 저들은 돈이 목적이기 때문에 어 떻게 해서든 언론에 그걸 누설할 겁니다. 그러면 언론이 들 이닥칠 테니 혼란이 극에 달하죠. 그때쯤이면 슬쩍 안으로 들어갈 수 있을 겁니다."

"하지만 그렇게 한다고 그들이 사실을 말할까요?"

"그건 걱정하지 마세요. 우리가 알아낼 테니까."

노형진은 이번 사건에서는 자신의 능력을 제대로 써 볼 생각이었다.

⚖️

며칠 후 우연히 인터넷에 두 모녀를 봤다는 글이 올라오면서 자연스럽게 이슈화되었고, 엘비스 호텔에는 노형진의 예상대로 기자들이 몰려들었다.

"역시나군."

노형진은 호텔 로비에 가득한 기자들을 보면서 피식 웃었다. 예상대로 그들이 언론에 공개된 것이다.

"와, 진짜 치사하다. 이런 식으로 돈을 뜯어내냐?"

"치사한 게 아니라 방법인 거야. 세상을 바꾸기 위해서는 돈이 필요해. 돈이 없이 세상을 바꾸는 건 꿈에서나 가능한 일이지."

물론 그런 기적 같은 일이 벌어지기도 하지만 그건 어디까지나 하늘이 도와줄 때뿐이다.

'대부분은 돈이 있어야 뭐든 할 수 있지.'

그렇기 때문에 노형진은 그들을 뭐라고 하고 싶지 않았다.

"우리가 언론 플레이 하는 것과 똑같아. 목적을 위해 국민들을 이용하는 거지. 문제는, 그렇게 모은 돈을 어떻게 쓰느냐는 거야."

이런 돈을 피해 여성 구제나 상담 치료 비용으로 쓴다면 아무런 문제가 없다.

그러나 대부분의 경우 이런 돈은 말 그대로 눈먼 돈이 되기 때문에 문제가 되는 것이다.

"그건 정부에서 알아서 할 일이니 우리는 피해자들을 만나는 방법을 찾아봐야지."

"하지만 어떻게?"

"간단해. 여기는 배달이 안 되거든."

"엥?"

"채림아."

"응?"

"우리 불타는 밤을 보내 볼까?"

손채림은 노형진이 미쳤나 하는 생각을 심각하게 하기 시작했다.

♎

"이런 거면 말하지 그랬어?"

"그러게 말입니다. 같이 호텔을 잡자고 하기에 성희롱으로 고발할까 고민하고 있었습니다."

이것이 법이다

자신을 바라보면서 툴툴거리는 두 여자를 보며 노형진은
피식 웃었다.

자신이 음란한 생각을 가지고 호텔을 잡은 거라 생각했던
것이다.

"기대에 부응해 주지 못해서 미안하네."

"부응은 무슨."

"하지만 이런 미녀들과 투숙하는 게 남자의 로망 아니겠어?"

"입에 침이나 바르고 말하지."

"하하하."

그렇게 말하는 사이 문에서는 '똑똑' 하는 소리가 들려왔다.

"룸서비스입니다."

"아, 감사합니다."

노형진은 문을 열어서 룸서비스가 들어올 수 있게 해 주고
들어온 사내에게 1만 원짜리 한 장을 건넸다.

"카트는 우리가 내놓겠습니다."

"감사합니다."

카트를 방 안에 들여놓은 직원은 팁에 대한 감사의 인사를
건네고는 바깥으로 나갔다. 그러자 노형진은 주변을 바라보
기 시작했다.

"역시 아무도 없군."

"그러네."

"이걸로 될까요?"

"될 겁니다. 우리가 조사한 게 맞다면요. 애초에 5성급과 4성급의 시설 차이는 그다지 크지 않습니다. 그럼에도 불구하고 5성급을 고른 건 결국 다른 문제가 있다는 거죠."

5성급, 한국식 표현을 빌리자면 특1급 호텔과 4성급, 특급의 차이는 바로 상시 지원되는 음식에 있다.

4성급 호텔의 경우 내부에 식당이 있을 수 있고 그곳에 가서 정해진 시간에 식사할 수는 있지만 룸서비스는 지원되지 않는다.

그에 반해서 5성급은 시설 자체는 비슷하지만 룸서비스라는 것이 지원되기 때문에 내부에서 식사할 수가 있다.

"우리가 조사한 바에 따르면 그들은 호텔 내부에서 나오지 않고 있습니다. 아마도 남석영란이 보호라는 이유로 나가지 못하게 하고 있겠지요."

노형진은 살짝 얼굴을 찡그리면서 말했다. 이런 경우 제대로 된 보호는 상담 치료를 받도록 해 주는 것인데 남석영란과 민주여성단은 무조건 누구도 만나지 못하게 하고 있었던 것이다.

"그리고 이런 호텔은 외부에서의 배달을 받아 주지 않습니다. 물론 고객이 사서 들어오는 것은 뭐라고 하지 않지만요."

"음……."

"그리고 지난 며칠간 시간을 대충 확인했지요?"

"네."

매일같이 비슷한 시간에 룸서비스로 음식이 안으로 들어간다.

"매일같이 정해진 시간에 음식이 들어간다는 건, 결국 우리에게도 기회가 있다는 거지요."

노형진은 자신의 가방에서 미리 준비한 옷을 꺼내서 화장실로 들어가서 갈아입었다.

잠시 후 그가 나왔을 때는 깔끔한 직원의 복장을 하고 있었다.

"자, 그럼 가 볼까요?"

노형진은 자신들이 미리 주문한 카트를 끌고 바깥으로 나갔다.

두 여자는 그런 노형진을 보면서 걱정스럽게 따라 나왔다.

"그런데 사람이 별로 없네요."

"기자가 바글바글하니까요."

보통 이런 곳은 연인이나 불륜 커플이 많이 온다. 그러니 아무래도 그런 사람들은 기자들이 있는 곳을 피하기 마련이다.

설사 아니라고 해도 기자들이 자꾸 들어가는 통에 불만이 생길 수 있기 때문에 다른 손님들이 들어오면 다른 층수로 배치하기 마련이다.

"그러니 이 층에는 그다지 사람이 많지 않을 겁니다. 그리고 이곳은 관광객들이 많이 있는 곳이지요."

당연히 여기에 있는 일부 사람들은 대부분 관광객들이다.

그런 만큼 지금쯤 다들 관광을 하러 갔을 시간이다.

"그러니 이 층은 거의 비어 있다고 봐도 무방할 겁니다."

노형진은 자신들이 목표로 하는 방 앞에 섰다. 그리고 혹시라도 그들에게 존재가 발각되지 않도록 손채림과 손예은을 양옆에 세운 후 문을 두드리고 말했다.

"룸서비스입니다."

"잠시만요."

아니나 다를까, 안에서는 잠시 기다리라는 말과 함께 문이 열렸다.

"평소보다 일찍 오셨네요?"

나이가 많아 보이는 여자는 무심하게 식사를 받으러 나오다가 멈칫했다. 문 양옆에 서 있는 두 사람을 발견한 것이다.

"당신들, 누구?"

노형진은 그녀가 문을 닫기 전에 잽싸게 카트를 밀어 넣어서 다시 문을 닫는 걸 막은 후 자신의 명함을 꺼내서 들이밀었다.

"노형진이라고 합니다. 이쪽은 손예은 변호사고요. 이쪽은 저희를 도와주는 손채림 양입니다. 박혁우 씨의 사건 때문에 왔습니다."

여자의 얼굴이 시뻘게지더니 카트를 밀어 내기 시작했다.

"그 인간 이야기는 듣기도 싫으니까 당장 꺼져!"

"잠시만요. 저희는 진실을 알고 싶은 겁니다."

"진실이고 뭐고 필요 없으니까 꺼지라고! 그 망할 놈을 내가 어떻게 용서해!"

"잠시만요, 어머니."

노형진은 직감적으로 그녀가 어머니인 안국림이라는 사실을 알아차렸다.

"당장 꺼지라고! 합의는 꿈도 꾸지 말라고 해!"

"합의해 달라는 게 아닙니다. 저희도 사건에 대해 알아보기 위해서 온 겁니다."

"다 말했잖아! 그러면 된 거지, 뭘 더 바라!"

'말하기는 뭘 다 말해, 이 사람들아.'

그들이 제출한 건 한정된 내용만 담긴 서면 답변서다. 그러니 그 안에 충분한 양의 답변이 들어 있을 리 없다.

'젠장, 말로 안 되려나?'

노형진은 협박을 해야 하나 고민했다.

하지만 문제는 협박이 될 것 같지 않다는 거다.

협박이라는 것도 지킬 게 있을 때 가능한 이야기지, 사실상 집안은 박살이 났고 딸의 인생은 망가졌는데 저들이 자신의 협박에 물러나서 이야기해 줄 것 같지 않았다.

'어쩐다.'

오는 것까지만 생각했지, 설마 이들이 이렇게 극단적으로 반응할 거라 생각하지 못한 노형진이었기 때문에 고민하는 사이 손채림이 그런 그녀에게 다가갔다.

"어머니, 진정하세요."

"진정? 내가 그가 진정하게 생겼어? 그 망할 놈이…… 내 딸을……."

"그걸 알아보기 위해서 온 거예요. 우리도 그 사람이 그런 사람이라면 보호해 주고 싶지 않아요."

"그런데 왜 온 거야!"

"진실을 알고 싶으니까요. 그 사람이 정말 거짓말한 건지, 알 수가 없어요. 진실이라는 것은 결국 한 사람의 말만 들어서는 알 수가 없구요."

"우리가 왜 거짓말을 한다는 건데!"

"그러니까요. 우리 입장에서는 양측 다 거짓말을 할 이유가 없다고 생각해요. 지금 이 아래 기자들이 잔뜩 와 있어요. 만일 사건이 계속 이런 식으로 질질 끌리면 기자들은 계속 어머님과 따님을 따라다닐 거예요. 시간을 이렇게 끄는 것보다는 차라리 빠르게 정리하는 게 더 낫다고 생각하지 않으세요? 지금 필요한 것은 따님의 정신적 치료라고 생각하지 않으세요?"

마지막 말에 안국림의 눈빛이 심하게 떨리기 시작했다.

그녀도 안다, 아무리 좋아도 호텔이 집만 못하다는 것을. 그리고 딸에게 필요한 건 호텔로의 도피가 아니라 정신적 치료라는 것도 말이다.

지금도 밤마다 비명을 지르면서 일어난다.

하지만 지금 그녀들에게 주어진 것은 언제 끝날지 모르는 호의호식뿐. 이게 끝나면 남은 것은 고통뿐이다.

"저희가 그 부분을 도와 드리고 싶은 거예요. 만일 저희 쪽 의뢰인이 거짓말을 한 거라면 당연히 저희 쪽 의뢰인이 책임져야 하는 거구요. 우리도 무조건 우리 잘못이 아니라는 생각은 하지 않아요. 하지만 원인이 있으면 결과가 있는 법이니까, 그 원인을 알고 싶은 것뿐이에요."

"하지만……."

안국림은 손채림의 말에도 어쩔 줄 몰라 하고 있었다.

노형진은 그걸 보고 그녀가 왜 그러는지 한 번에 알아차렸다.

"혹시나 우리가 피해자분에게 2차 피해를 줄 거라고 남석영란 씨가 말하던가요?"

"……."

"하아."

그럴 줄 알았다는 생각에 노형진은 한숨이 나왔다.

"물론 그런 인간도 있습니다. 그런 놈들은 대책이 안 서죠. 하지만 우리는 아닙니다. 애초에 여기에 있는 사람은 여자 변호사입니다. 그럴 이유가 없어요. 여자 변호사가 여자 피해자에게 2차 피해자를 주겠습니까?"

"하지만 영란 씨가 그랬어요, 그 변호사는 남자와 같은 자리에 서기 위해 자신의 여성이라는 젠더성을 버린, 껍데기만 여자라고."

손예은은 기가 막히다는 얼굴이 되었다.

자신이 이 자리에 있기 위해 노력한 건 사실이지만 그 와
중에 자신이 여성이라는 것을 잊어버린 적은 결코 없었다.

그런데 여성성을 버리고 남자의 길을 선택하다니? 그게
말이나 되는가?

애초에 여성성이라는 것은 성전환 수술을 하기 전에는 버
릴 수가 없는 것이다.

"하아."

노형진은 대충 상황을 알 것 같았다.

자신만 절대적으로 믿으라며 거의 세뇌에 가까운 말을 한
것이리라.

'그걸 무너트려야 한다면.'

상대방이 아집과 공포로 상대방을 지배하려고 한다면 그
걸 무너트려야 한다. 그러지 않으면 저들은 절대로 자신들과
이야기하려 하지 않을 것이다.

"그러면 그 여성성이 버려진다는 건 뭡니까?"

"남자들의 세계와 조직에서 일하면서 그들의 눈에 들고 성
공하기 위해서, 남자처럼 움직이면서 행동하고 충성하는 거
라고……."

"그러면 수많은 어머니들이 딸에게 원하는 건 뭐죠?"

"글쎄요?"

"제가 알기로는 사회적으로 인정받고 성공해서 당당한 사

회인이 되기를 원하지, 집에서 빨래하고 밥하는 걸 원하지는 않을 겁니다. 그러면 그 어머니들은 딸에게 여성성을 버리고 남성화되라고 요구하고 있는 건가요?"

안국림은 멍한 얼굴이 되었다. 그렇게 생각하지는 못했던 것이다.

'그래, 이게 페미니즘, 아니 여성상위론자들의 문제지.'

남성을 공격하기 위해 몰아붙이는 논리를 여성으로 바꾸는 순간 속절없이 무너진다는 것.

그게 여성상위론자들의 논리적 문제였다.

그렇다 보니 그들은 제대로 된 토론과 개혁이 아니라 아집과 허위 사실로 싸우는 수밖에 없었던 것이다.

"자녀가 사회적으로 성공하는 것은 모든 부모님들의 꿈입니다. 그런데 그게 여성성을 버리는 겁니까? 그러면 사회적으로 성공한 사람들은 다 성공하기 위해 여성성을 버리고 결혼도 하지 않아야 합니까?"

"……."

당연히 결혼도 중요하다. 그러니 여성성을 버린다는 건 말도 안 된다.

"지금 일도 그렇습니다. 지금 따님의 상황은 2차 피해를 피해야 하므로 다른 사람을 만나지 말라는 거지요? 수사한답시고 과거의 상처를 쑤신다고요. 그런데 상처에 소독약 안 뿌리고 치료하는 방법이 있기는 합니까? 아니, 애초에 무조건 남자는 만나면 안 된다고 의사도 만나지 못하게 하고 있지 않습니까? 그러면 여성 정신학자라도 데리고 오든가요."

여성 학자가 없는 게 아니다. 이런 사건을 전문으로 하는 학자나 상담가도 있다.

"그런데…… 그런 사람은…… 여성성을 버린 거라고……."

말을 하던 안국림은 뭔가 이상하다는 생각을 했다.

사회적으로 성공한 여자는 여성성을 버리고 남성에게 충성하는 남장 여성이라고 주장하는 남석영란이다. 그런데 그 말에 따르면 자신들은 누구에게도 도움을 청할 수 없다.

의사들은 성공한 사람들이고, 남석영란의 말에 따르면 그들은 남자이든가 여성성을 버린 자들이니까.

"논리적으로 말이 안 되지 않습니까?"

노형진이 논리로 밀어붙이자 손채림은 다시 한 번 안국림을 설득했다.

"물론 그들이 불안감을 조성한 건 알겠어요. 하지만 이 세상의 모든 사건이 다 남자 대 여자로 싸우는 건 아니잖아요. 도움이 필요한 사람은 돕는 게 사람이에요. 그리고 따님은 도움이 절실히 필요한 상황인 거, 아시잖아요."

결국 안국림은 뒤로 물러났다.

노형진은 속으로 안도의 한숨을 내쉬면서 안으로 들어갔다.

"그래도 제가 옆에서 계속 볼 거예요."

안국림은 여전히 불안감을 감추지 못했는지 못을 박았고,

노형진은 고개를 끄덕거렸다.

"이런 사건을 진행할 때 중요한 건 피해자가 믿을 수 있는 사람이 한 명 있는 겁니다."

노형진은 그렇게 말하면서 카트를 옆으로 치웠고 잠시 후 들어온 진짜 카트도 역시 옆으로 치워 놨다.

"다시 인사드리죠. 노형진입니다. 박혁우 씨를 담당하고 있습니다."

"네……."

박세양은 걱정스러운 얼굴로 어머니인 안국림을 바라보았고, 안국림은 그런 딸의 손을 꼭 잡으면서 안심시켜 주었다.

"일단…… 질문을 시작하겠습니다. 만일 거북스럽거나 답변하기 싫다면 하지 않으셔도 됩니다."

"그럴게요."

"첫 번째 질문은, 피의자인 박혁우 씨가 진짜로 강간했느냐라는 것입니다."

"당장 그만두지 못해요! 거봐요! 말로는 안 그런다면서 2차 피해를 주고 있잖아요!"

노형진의 질문에 갑자기 화를 내는 안국림.

노형진은 멍해져서 말이 안 나왔다. 무슨 자극적인 질문도 아니고 가장 기본적인 사실에 대한 확인이다. 그런데 2차 피해라니?

"아니, 무슨 피해를 줬다는 겁니까?"

"기억하기 싫은 일에 대해 자꾸 캐묻는 게 2차 피해지 뭐예요!"

노형진은 안국림의 행동에서 그렇게 말한 사람이 누군지 알 것 같았다.

'이 여자는 자리에 없어도 문제구먼.'

도대체 피해자들에게 얼마나 겁을 줘 놨기에 이 꼴인지, 노형진으로서는 기가 막힐 노릇이었다.

물론 2차 피해를 주는 미친놈들도 있다. 하지만 이런 식의 절대적이고 무의미한 공포감 조성은 결국 다시 사회로 나가야 하는 이들 모녀에게 방해가 된다.

'2차 피해를 막는다면서 정작 2차 피해는 자신이 다 주고 있네.'

노형진은 이가 박박 갈리는 느낌이었다.

그런 노형진의 기분을 안 건지 손예은은 두 사람을 진정시키면서 말했다.

"두 분 다 진정하세요. 2차 피해 같은 게 아니니까요."

"자꾸 과거의 일을 캐묻는데 왜 그게 2차 피해가 아니에요!"

"그러면 과거의 일을 회상하지 않으면서 어떻게 진실을 말하죠? 애초에 정신과 치료도 일단 과거의 상처를 돌이켜 보는 것에서부터 시작합니다. 그런데 어떻게 과거의 상처에 대한 회상 없이 뭔가를 치료하죠?"

"……."

"말하는 게 순간적으로는 고통일 수 있습니다. 하지만 그런 상처를 치료하는 건 공감입니다. 공감을 시키지 못한 채 혼자서 끙끙대며 말하지 않으면 상처는 내부에서 곪아 갈 뿐입니다."

실제로 그 부분은 많은 연구가 있었다.

과거 2차대전 당시와 지금의 외상 후 스트레스 환자를 비교하면 지금 환자가 더 많아졌다는 것이 드러난다. 그렇다면 지금의 사람들이 그때보다 정신력이 떨어져서 그럴까?

아니다. 그걸 연구한 학자에 따르면, 과거 2차대전이 끝난 후 연합국의 병력은 귀국하면서 배 안에서 같이 고생하고 생사고락을 함께했던 사람들과 대화하면서 동질감을 느낀 덕분에 상당히 많이 치유된 상태로 돌아올 수 있었다고 한다.

하지만 지금은 돌아갈 때가 되면 그냥 비행기 타고 반나절 비행하면 끝이다.

누군가에게 말하지도, 동질감을 느끼지도, 위로를 받지도 못하고 그냥 다짜고짜 고국으로 돌아오는 것이다.

"단순히 말하는 게 두려운 것도 아니고 그걸 회상하는 것 자체가 두렵다면 어떻게 사건을 진행합니까?"

"하지만⋯⋯."

"원하지 않으면 하지 않으셔도 됩니다. 솔직히 말하면 저희, 여러분들의 도움을 안 받아도 이 사건 이깁니다."

"뭐라고요?"

"그럴 수밖에 없지요. 서면 답변서 보내셨지요? 직접 그 내용을 보내셨을 거 아닙니까? 그러면 그게 2차 피해를 주기 위해 쓴 질문이던가요? 아닙니다. 사실을 파악하기 위한 질문입니다. 그걸 아니까 쓰신 거고, 그걸 검토해서 사실이니까 수사한 거죠."

안국림을 뭐라고 할 수가 없었다.

그건 확실히 기억을 더듬어서 최대한 소상하게 썼다. 그런데 그건 2차 피해가 온다고 이야기하지 않았다.

노형진이 질문하는 것도 결국은 그 내부의 질문과 그다지 다르지 않은 것들이다. 다만 다른 것은, 그건 서면이고 노형진은 직접 한다는 정도뿐이다.

"물론 여성 단체에서 도와 드리는 건 압니다. 그러니 그들의 의견을 최대한 존중해야 한다는 것도요. 그러나 그런 게 영구적일까요? 그들이 도와주는 시기는 결국 국민들의 관심이 이 사건에 쏠려 있을 때까지뿐입니다. 그런데 3심에 갈 때까지 관심이 유지될까요? 남석영란이 3심까지 가는 최소 2년은 걸리는 시간 동안, 여러분을 도와줄까요?"

노형진의 정곡을 찌르는 말에 그들은 아무런 말도 하지 못했다.

"여러분들이 저희를 싫어하는 거 압니다. 하지만 그렇다고 해서 저희가 여러분들에게 피해를 주려는 건 아닙니다. 저희가 궁금한 것은 오로지 단 하나, 진실입니다."

"하아."

결국 박세양은 깊은 한숨을 쉬면서 입을 열었다.

"엄마, 할게."

"세양아."

"어차피 한 번은 해야 하는 일이야. 맨날 시선을 돌릴 수는 없잖아."

박세양이 마음을 독하게 먹은 듯하자 안국림도 더 이상 말리지 않았고, 노형진은 그녀에게 다가가서 천천히 질문했다.

"그러면 다시 질문하겠습니다. 박세양 양, 아버지인 박혁우가 강간하고 그로 인해 낙태한 사건이 있었습니까?"

"네."

그 말을 들으면서 노형진의 얼굴은 사정없이 구겨지고 말았다.

⚖️

"아니, 노 변호사님? 왜 그때 질문을 멈춘 거예요?"

"그냥…… 생각할 게 많아서요."

다음 날 사무실에서 노형진은 심각한 얼굴로 고민에 빠져 있었다.

이런 경우는 처음이었기 때문에 그는 도무지 상황을 이해할 수가 없었다.

"그리고 아무래도 그다음 질문은 여성인 손예은 변호사님
이 하는 게 좀 더 나을 것 같아서요."

"그건 틀린 말은 아닙니다만."

첫 번째 질문을 마친 노형진은 뒤로 물러났고 당황한 손예
은이 나머지 질문을 마쳤다. 하지만 노형진에게는 그게 귀에
들어오지 않았다.

'이건 말도 안 되잖아?'

노형진은 질문하면서 기억을 읽었다.

자신이 박혁우의 기억을 읽었을 때 진실을 알았기 때문에
그녀의 기억에서는 그녀가 왜 이런 거짓 고소를 해야 했는지
알게 될 거라 생각했다.

하지만 그런 노형진의 생각은 완전히 무너져 내리고 말았다.

'둘 다 진짜라고? 이게 가능해?'

그녀의 마음은 진짜였다. 그녀는 진짜로 자신이 아버지인 박
혁우에게 강간당해서 낙태한 것으로 생각하고 있었던 것이다.

'이건 무슨 개 같은 경우야?'

이런 사건은 중간이라는 게 없다. 그런데 양쪽 다 진실이
라니.

'다만 특이한 건…… 둘 다 영상에 대한 기억이 없다는 건데.'

기억을 읽다 보면 과거의 일인 경우 영상의 형태로 기억을
읽을 수 있다. 그런데 박혁우도 박세양도, 기억에는 영상이
없다.

박혁우야 그의 말대로 아무런 일도 없었다면 당연하게 영상이 없겠지만 진실이라고 말하는 박세양의 경우 역시 영상이 없었다.

'이게 무슨 개 같은 경우냐.'

결국 진실을 알 수가 없게 된 노형진은 머리를 벅벅 긁었다.

"힘든가 보군요."

"솔직히 힘듭니다. 둘 다 거짓말을 하고 있는 것 같지는 않아서 말이지요."

사이코메트리 능력은 지금까지 노형진의 가장 강력한 무기가 되어 왔다. 하지만 지금에 와서 도리어 독이었다.

아예 몰랐다면 그냥 의뢰인을 편들어 줄 수 있는데 양쪽 다 거짓말하지 않았다는 상황에서는 그럴 수가 없기 때문이다.

"후우, 아무래도 이번 사건을 처음부터 다시 시작해야 할 것 같습니다."

"다시라니요?"

"우리한테 온 사건이 아니라, 처음 우리가 발굴해 낸 사건으로 취급하자는 겁니다."

"그러면 애초에 지금까지의 모든 자료는 없는 셈 쳐야겠군요."

"그래야 할 것 같네요."

노형진은 도무지 지금의 상황을 이해할 수가 없었기 때문에 결국 처음부터 모든 것을 다시 하는 수밖에 방법이 없었다.

"확인해 보니까 일단 사건 전에는 집안의 분위기는 좋았어."

　　"좋았다고?"

　　"그래."

　　노형진의 결정이 떨어지자 손채림은 바로 주변의 사람들과 이야기하면서 자연스럽게 정보를 얻어 가지고 왔다.

　　특유의 쾌활한 성격에 바탕해 쉽게 친해지는 성향을 가지고 있었고, 그 성향을 이용해서 동네 사람들에게 박혁우 가족의 과거를 조사해 온 것이다.

　　"딱히 문제가 있었던 것은 아닌 것 같아. 성추행이나 강간의 징후도 보이지 않았고."

　　"그렇겠지. 논리적으로 봐도 그건 아니니까."

　　강간이 벌어졌다면 한 번으로 끝나지 않았을 것이다.

　　부녀간의 강간 사건은 지속적으로 진행되지, 한 번에 끝나는 게 아니다. 더군다나 두 번이나 낙태했는데 그걸 잊고 있는다는 건 말도 안 된다.

　　"일단 박세양이 대학을 갈 때까지 별문제는 없었어. 너무 문제가 없어서 이런 집이 있을까 할 정도라고."

　　"흠, 학교에서는?"

　　"학교생활도 나쁘지 않았대. 과에서 성적은 중간쯤 가는 편이었고, 교우 관계도 나쁘지 않았고."

"남자 친구는?"

"어…… 두 명 정도?"

"두 명이라……. 관계는 했겠지?"

"그랬겠지? 아무래도 자취하는데 요즘 애들이 발랑 까져서."

"그러는 너도 발랑 까진 요즘 애들이거든!"

"헤헤헤."

손채림의 특유의 웃음을 들으면서 노형진은 턱을 쓰다듬으면서 생각했다.

사건 자체가 이상하다 보니 처음부터 확인해도 이상한 점이 너무 많이 보였다.

"여러모로 말이 안 돼."

"뭐가?"

"상식적으로 그렇잖아. 강간은 계속 진행되고 그 와중에 낙태까지 했는데 그걸 잊어버린다?"

"정신적 충격으로 인해 그랬다잖아."

"그래, 그럴 수도 있지. 하지만 반대로 생각해 보라고. 충격적인 것은 잊어버릴 수 있어. 하지만 두 번을 연속해서라는 건 말도 안 되지."

애초에 중간에 단 한 번이라도 강간 신고를 했다면 이해가 간다. 그런데 그 모든 것을 다 잊어버리고 있다가 갑자기 모든 게 짠 하고 생각나서 어머니한테 도움을 요청하고 신고한다?

이건 노형진의 상식으로는 이해가 되지 않는 부분이었다.

"그러면 그쪽이 거짓말한다는 소리인데?"

"그게 문제야. 내가 봐서는 그쪽에서 거짓말할 이유도, 그런 낌새도 없단 말이야."

당장 언론에 이슈화되면서 그들은 언론사들의 집요한 추적을 받고 있는 상황이었다.

언론을 타는 것 같은 게 목적이었다면 지금쯤 기자회견이라도 하면서 전면으로 나섰겠지만 그녀들은 그런 행동을 전혀 보이지 않고 있다.

"그렇다고 아버지 재산이 많은 것도 아니고 말이야."

아버지가 재산이 많은 상태에서 사실상 의절당한 관계라면 그럴 수도 있다. 재산을 빼돌리거나 빼앗기 위해 말이다.

하지만 이번 사건에서는 그런 것도 없다.

애초에 박혁우는 재산이라고 할 만한 것이 없다. 7년 된 중고차 한 대와, 아내와 공동 명의로 되어 있는 빌라 한 채뿐이다. 그것 말고는 다른 소시민과 마찬가지의 삶을 살아가는 사람일 뿐.

"친구들에게도 이런 일에 대해 말한 기록은 없었어."

"친구에게 이런 일을 말할 사람은 없지. 그건 이해해. 하지만 내가 이해하지 못하겠는 건, 그 상황에서도 남자 친구가 두 명이나 있었다는 거야."

"그게 왜?"

"강간으로 인한 심리적인 상처를 가진 사람은 누군가를 만나는 것을 무척이나 꺼리는 편이거든."

그런데 이런저런 기록을 봐도 박세양은 그냥 평범한 여대생일 뿐이다.

"더군다나 낙태했다는 건 생리를 시작하고 나서 강간했다는 뜻인데……."

그 나이에 벌어진 일을 기억하지 못한다는 건 도무지 말이 안 되었다.

"이런 걸 적당히 구성하면 충분히 이길 수 있을 것 같군요. 도리어 남석영란에게 감사해야 할 것 같네요. 그녀가 서면 질의서를 대충 작성한 덕분에 여기저기 허점이 많이 보여요."

확실히 그 덕분에 노형진이 작심하고 덤빈다면 어렵지 않게 이길 수 있을 것 같았다.

"괜스레 노 변호사님을 귀찮게 한 건 아닌지 모르겠군요."

손예은 변호사는 약간은 미안한 듯 말했다. 아예 처음부터 사건을 분석하자 여기저기 허점이 드러났기 때문이다.

"그렇기는 하죠. 여기서 보이는 모습은 확실히 박세양이 거짓말을 한 것으로 보입니다."

하지만 노형진은 여전히 껄끄러운 부분이 있었다.

박세양의 기억을 읽었을 때 그녀가 강간당한 것을 확실하게 기억하고 있었다는 것. 그런데 정작 그 당시 기억의 영상은 없다는 게 문제였다.

'뭔가 있어…….'

사이코메트리는 위험한 능력이다.

만일 자신의 사이코메트리에 문제가 생긴 거라면 섣불리 써서는 안 된다. 더군다나 지금처럼 중간이 없는 사건에 양쪽 다 옳다고 느낀다면 자신의 능력에 문제가 크게 생겼을 가능성이 높다.

'이게 내 능력의 문제인 건지, 아니면 다른 이유가 있는 건지 확실하게 알아내야 해.'

노형진에게는 이기는 게 중요한 게 아닌 상황.

그렇기 때문에 어쩔 수 없이 이 사건에 매달릴 수밖에 없었다.

"이 정도면 충분히 이길 수 있지 않아?"

"그렇기는 하지만 걸리는 게 있어. 그게 뭔지 모르겠지만 말이야."

노형진은 계속 자료를 살피고 있었다.

뭔가가 자신의 신경을 긁는데 그게 뭔지 알 수가 없는 상황.

'도대체 내가 빠트린 부분이 뭘까?'

노형진이 그렇게 생각하면서 계속 조사하자 손채림과 손예은도 어쩔 수 없이 사건을 파기 시작했다.

하지만 사건과 관련된 정보가 그다지 없었기 때문에 더 나올 것도 없었다.

'나의 기우인 건가.'

노형진이 결국 특별한 게 없다고 포기하려는 찰나, 손채림이 문득 생각난 듯 아무렇지도 않게 한마디 툭 던졌다.

"그러고 보니 그렇게 잊어버리고 있었다면서 어떻게 생각
난 거래?"

"응?"

"아니, 그렇잖아. 충격으로 기억을 잃어버린 거라면서?"

"그렇지."

분명히 고소장에 따르면 그동안은 과거의 사건에 의한 충격
으로 인해 그 모든 기억을 잊어버리고 있었다고, 정확하게는 기
존의 기억을 자신도 모르게 억압하고 있었다고 되어 있었다.

"그런데 그게 왜 갑자기 나타났냐는 거지."

"그렇군요. 그 계기에 관련된 이야기가 없군요."

"흠?"

노형진은 다시 한 번 기록을 쫘악 살펴봤다. 그리고 손채림
의 말대로 어디에도 그 관련된 기록이 없다는 것을 알았다.

"그런 게 가능해?"

"가능하기는 하지만…… 그런 일은 거의 없지."

자신은 전문가가 아니다. 그러니 그런 일에 대해 명확하게
알 수는 없다.

그러나 확실한 것은, 자신이 아는 기억 속에서 그런 게 가
능하다는 소리는 들어 본 적이 없었다는 것이다.

"도대체 왜 갑자기 그런 기억이 돌아온 거지?"

노형진은 관련된 자료를 찾기 위해 여기저기 뒤적거렸다.
그러나 그럴 만한 일이 없었다.

"누가 뒤통수를 후려친 건가?"

"그럴 수도 있지만 그 정도 충격이라면 상해도 같이 왔을 거야. 하지만 여기에 상해에 관련된 기록은 없어."

노형진은 그렇게 말하면서 다시 한 번 증거들을 점검했다.

직감적으로 그 원인이 이번 사건 해결의 키워드라는 것을 느낄 수 있었던 것이다.

"이거 아닐까요?"

그렇게 한참 찾고 있을 때 도움의 손길을 보내 준 것은 다름 아닌 손예은 변호사였다.

"뭔데요?"

"카드 내역입니다."

"카드 내역?"

"네."

"카드 내역에는 이상한 게 없던데요?"

"압니다. 하지만 매주 두 번씩 10만 원씩 출금된 기록이 있습니다."

"10만 원?"

"네, 같은 장소, 같은 지점에서 출금했더군요. 출금한 시간도 비슷하고요."

확실히 현금카드 내역에는 동일한 시간에 행해진 뭔가가 있었다.

"아무래도 이곳에 가서 직접 확인해 봐야 할 것 같군요."

노형진은 위치를 확인하고는 바로 현장으로 향했다.

⚖

"여긴데……."

골목 상권이라는 공간은 번화가와는 좀 개념이 다르다.

번화가는 말 그대로 번화한 곳이다. 하지만 골목 상권은 그곳까지 가지 않아도 어느 정도 술을 먹거나 필요한 물건을 살 수 있는 곳이다.

그런 곳에 도착한 노형진은 주변을 둘러보았다.

"이것저것 많기는 한데……."

"정해진 금액을 고정적으로 쓸 만한 곳을 찾기가 힘들단 말이지."

손채림 역시 도대체 뭐에 돈이 들어간 건지 알 수가 없어서 답답한 얼굴로 주변을 둘러보았다.

"큰일이네……. 너무 많은데."

"이 중 하나라고 생각하면 안 돼. 가능성을 골라서 조금씩 잘라 내야지. 일단 식당은 아닐 거야. 매주 두 번씩 식당에서 10만 원씩 쓴다는 건 말이 안 되니까."

그렇게만 생각해도 절반은 사라진다.

"같은 의미에서 술집도 아닐 거야."

물론 술집에서 그 정도 먹는 건 어려운 게 아니긴 하지만,

자기 지역도 아닌 이곳에서 그렇게 먹을 것 같지는 않다.

더군다나 출금한 시간은 2시. 술을 먹기에는 상당히 이른 시간.

"미용실일까?"

"미용실? 미용실이 그렇게 비싸다고?"

"본격적으로 머리를 관리하려면 그것도 부족하지. 아니다, 미용실은 아니겠다."

미용실에서 머리를 관리하려고 하면 상당한 돈이 들어간다. 하지만 목돈이 들어가는 형태이지, 지속적으로 10만 원씩 돈이 들어가는 형태는 아니다.

"만화방도 아니고……."

가게는 많지만 그걸 분류하고 나면 그다지 많은 종류는 아니다. 더군다나 각 종류마다 각자 사용 패턴이 있기 때문에 그 패턴을 감안해서 빼고 나면 남는 것도 별로 없기는 하다.

"그럼 거의 없는데?"

손채림은 아무리 생각해도 이해 못 하겠다는 듯 고개를 갸웃했다.

"매주 두 번씩 10만 원씩 쓰는 건 아무리 봐도 이런 일반적인 형태의 방식은 아니라고. 무슨 고정된 상담 치료 같은 거라면 모를까."

"고정된 상담 치료?"

"그래. 나 독일에 있을 때 그런 친구 한 명이 있었거든."

아무래도 외국에서 공부하러 온 사람들이 많다 보니 향수병 비슷한 걸 겪는 사람들이 있었는데, 같이 공부하던 사람 중 한 명도 그런 경우라 상담 치료를 받으러 다녔다고 했다.

"그런 건 아무래도 회당 얼마를 받는 형태니까."

"회당 얼마라."

"그래. 그런데 이런 곳에 그런 상담 치료소가 있을 것 같지는 않은데? 정신과나 뭐 그런 것도 없는 곳인데 상담 치료소가 있을 리 없잖아?"

손채림의 말에 노형진은 뭔가 기억난 듯 갑자기 방향을 돌려서 어디론가 뛰어가기 시작했다.

"야! 어디 가!"

손채림이 불렀지만 노형진은 들은 척도 하지 않고 어디론가 향해서 뛰어갔다.

그곳은 아까 오면서 본 전신주였다.

"헉헉…… 전신주는 왜?"

가게도 아니고 전신주에 다가가자 다급하게 쫓아온 손채림은 헉헉거리며 호흡을 가다듬으면서 다가왔다.

노형진은 그 전신주에서 뭔가를 잡아챘다.

"찾았다."

손에는 어떤 광고 전단지가 들려 있었고, 그곳에는 '새빛 최면술 심리 상담'이라고 쓰여 있었다.

거짓된 기억

"기억이 조작될 수 있다고?"

노형진의 말에 손채림도 손예은도 깜짝 놀랐다. 지금까지는 전혀 생각해 보지 못한 가능성이었기 때문이다.

"그래, 한국에서는 이런 것에 관련된 일이 없었기 때문에 아마도 다들 모르겠지만."

"아니, 어떻게 그게 가능해?"

"실제로 미국에서 벌어진 사건이야. 그로 인해 나라가 발칵 뒤집히기도 했고."

"아니, 그건 무슨 음모론 같은 거 아니야? 기억을 조작해서 뭔가를 시킨다거나 하는 거 말이야."

손채림은 어이가 없다는 듯 물었다.

가짜 기억을 심는 것은 불가능한 것으로 알고 있었다. 그런데 그런 일이 진짜로 있었다는 것은 전혀 몰랐던 것이다.

"대부분 그렇게 생각했지. 진짜로 사건이 터지기 전에는 말이지."

노형진은 한심스러운 듯 입술을 깨물었다.

'설마 한국에 이 병신 짓거리가 넘어오다니.'

자신이 회귀 전의 기억을 조금만 더 더듬었다면 이 사건에 대해 모를 수가 없었다.

그럴 수밖에 없는 게, 돈에 썩어 가는 의료계가 어떤 추악한 짓을 할 수 있는지 보여 준 극단적 사례라 미국의 로스쿨에서는 무조건 이 사건을 공부하기 때문이다.

'만일 미국이었다면 이 사례부터 의심했을 거야.'

하지만 한국이고, 한국은 미국과 다르게 이러한 형태의 상담이 거의 없어서 완전히 방심하고 있었던 것이다.

"도대체 무슨 일이었는데요?"

"간단합니다. 최면술을 이용하는 거죠."

"최면술?"

"그건 속임수 아닙니까?"

"최면술은 속임수가 아닙니다. 마술과 같은 속임수라고 생각하는 사람도 있는데, 아직 밝혀진 게 많지 않을 뿐이지 확실히 존재하는 학문입니다. 한국에서 인정하지 않는다고 해서 전 세계에서 다 인정하지 않는 건 아닙니다."

이것이 법이다

물론 최면술 자체가 아직까지 명확한 연구 결과가 없으며 여전히 논란이 많은 것도 사실이다.

하지만 실제로 걸리는 사람이 있으며, 또한 일부 정신적 치료 과정에서 실제로 효과를 발휘하기도 한다.

"문제는 그 과정에서 상담자는 완전히 무방비가 된다는 거지."

"그래서?"

"그래서 시술자가 요구하는 기억을 심을 수도 있다는 거야."

"헐?"

"젠장…… 내가 왜 그 생각을 못 했지?"

기억은 있고 양쪽 다 진실을 이야기하고 있다. 하지만 관련된 영상은 찾아낼 수 없었다.

딱 조작된 기억이라는 증거다.

"미국에서는 억압된 기억 사건이라고 부르는 사건이야."

발단은 별거 아니었다. 내담자가 상담하러 왔고, 최면술을 통해서 그 문제를 해결하려고 했다.

"그런데 그 상담사가 문제였지."

상담사는 내담자를 백지상태에서 상담해 주고 내면의 문제를 찾아줘야 한다. 그런데 그 내면의 문제에는 관심이 없었던 것.

"그 상담사는 진짜 문제를 해결하는 대신에 억압된 기억이라는 이론을 들고 나왔어."

아버지가 자신을 강간했으며 그 기억이 억압되었다는 주장.

"사람들은 말도 안 된다고 생각했지. 그런데 문제는, 상담은 상담사와 내담자 양측의 1:1 문제라는 거야. 주변에서 아니라고 할 수가 없다는 거지."

최면에 걸린 상태에서 내담자는 상담사에게 정신적으로 무방비하게 노출된다.

그 상태에서 상담사는 내담자에게 과거에 억압된 강간 사건을 자꾸 캐묻는다. 내담자는 무의식중이지만 그걸 부정한다.

"하지만 상담사가 할 말은 하나뿐이지. 당신의 방어기제가 생각보다 더 강합니다. 그러니 더 치료받아야 할 것 같습니다. 그리고 다시 처음부터 시작이야."

상담이 길어질수록 그러한 질문의 강도는 더해지고, 무의식중에서 그에 맞는 답을 만들어 낸다.

"그리고 짜잔 하고 강간의 기억이 만들어지는 거지."

"뭐라고요? 그게 가능합니까?"

"가능합니다. 미국에서 몇 번이나 벌어진 사건이니까요. 한국에서는 없었지만요."

"아니, 그러면 사건은 결국 강간으로 갈 수밖에 없잖아?"

애초에 없는 강간 사건을 무조건 방어기제 탓으로 돌리고 계속 그 기억을 만들어 낼 때까지 치료라는 명목하에 정신적 상담은 계속된다. 사실상 말이 상담이지 일종의 세뇌가 계속되는 것이다.

"문제는 말이지, 상담이 길어질수록 내담자는 상담사에게 정신적으로 예속된다는 거지."

결국 그 결과 내담자에게 가짜 강간의 기억이 만들어지는 것이다.

"그런데 그런 기억은 상당히 뚜렷하지 않아?"

"뚜렷할 수밖에 없어. 평생을 살아온 집에서 벌어진 일이야. 더군다나 가족으로서 아버지의 생활 패턴은 다 알고 있지. 그런 상황에서 이야기를 만들려고 하는데 못 만들겠어?"

"헐."

사건의 방향이 전혀 엉뚱한 쪽으로 나아가자 손채림도 손예은도 어쩔 줄 몰라 했다.

"이제는 어쩔 거야?"

"일단은 사건을 뒤집어야지. 하지만."

노형진은 씁쓸하게 말했다.

"이 사건의 승자는 아무도 없을 거야."

⚖️

"피고인 박혁우는 피해자이자 자신의 딸인 박세양을 일곱 살 때부터 3년에 걸쳐서 강간한 자입니다. 피고인은 그 과정에 박세양이 임신하자 옷걸이로 낙태시키는 후안무치한 행동을 하였으며 그로 인해 박세양은 심각한 정신적 충격을 받았습니다. 그러한 범죄행위는 무려 3년에 걸쳐서 계속되었고,

그 과정에서 2회의 불법 낙태 시술이 진행되었습니다."

검사는 승리의 미소를 지으면서 자신만만하게 말했다.

하긴, 성범죄의 경우 대부분의 증거는 여성의 주장이다. 그리고 이 경우 여성의 주장은 명확하다. 그러니 어지간하면 이길 수밖에 없는 상황이다.

'흐흐흐, 거기에다가 위에서도 이 사건을 적극적으로 밀어주고 있단 말이지.'

하루에도 몇 번씩 언론에 공개되는 사건이고 사실상 인민재판은 끝난 상태. 자신은 이 사건을 멋지게 끝내고 승진 보너스만 챙기면 되는 것이다.

"이에 검찰은 피고인 박혁우에게 징역 20년을 청구하는 바입니다."

"죽여라!"

"저런 놈은 살려서는 안 돼! 죽여!"

여성 단체와 사람들이 검사의 말이 끝나기 무섭게 고래고래 소리를 지르기 시작하자 판사는 망치를 두드리면서 그들을 조용히 시켰다.

"다들 조용히 하세요. 아직 재판 안 끝났습니다. 피고인측 변호인, 변호하세요."

노형진이 일어나서 주변을 보니 절로 한숨이 나왔다.

'젠장, 이걸 어떻게 뒤집지?'

이기는 게 중요한 게 아니다. 이겨도 이미 의뢰인은 사회적으로 매장된 상태다. 그런 상황을 뒤집는 건 쉬운 게 아니다.

'더군다나…….'

노형진이 영 꺼려지는 것이 다름 아닌 박혁우였다.

'그의 성격을 보면 내가 미리 말하면 차라리 자기가 했다는 식으로 나설 게 뻔하니 이거 원…….'

그의 기억을 읽으면 그의 성격이 보인다.

만일 여기서 노형진이 변론해서 사건을 뒤집으면 딸은 졸지에 미친년이 되고 아비를 잡아먹으려고 하는 후레자식이된다.

'그 꼴을 보느니 차라리 자기가 감옥에 갈 생각을 할 거란말이지.'

그렇기 때문에 정작 의뢰인에게도 도움을 청할 수는 없는상황.

'그래, 어떻게든 하자.'

지금 필요한 것은 고민이 아니라 당장 행동하는 것이다.

"친애하는 재판장님, 이 사건은 이론적으로 너무나 많은약점을 가지고 있습니다. 상식적으로 검찰이 주장하는 사건내용은 대부분 현실적으로 이루어질 수 없는 것입니다."

"어째서 그런가요?"

"일단 검찰 측은 7세부터 3년에 걸쳐서 강간을 진행했고그 와중에 2회에 걸쳐서 낙태했다고 했습니다. 하지만 여기서 의문점은 2회에 걸친 낙태에 있습니다. 낙태라는 것은 결국 여성이 가임 기간이라 생리한다는 것을 뜻합니다. 생리하지 않는 여성은 특별한 의료적 과정을 거치지 않는 이상 임신할 수 없습니다."

"그런데요?"

"그런데 일반적으로 여성이 생리를 시작하는 시점은 빨라야 10세입니다. 일반적으로 12세에서 13세에 시작하며, 늦으면 15세에 하기도 합니다. 그런데 검찰의 주장에 따르면 피해자가 7세 이후부터 생리를 시작했다는 뜻이 됩니다."

검찰은 아차 하는 얼굴이 되었다.

아주 기본적인 질문이지만 그걸 생각하지 못했던 것이다.

'멍청하긴. 상식을 좀 가져라.'

물론 여성의 생리 기간이 상식은 아니다. 한국은 이러한 것에 대해 무척이나 폐쇄적이고 이런 걸 말하는 것 자체를 수치스러워하는 분위기를 가지고 있기 때문에 남자들은 그런 것에 대해 잘 모른다.

'하지만 이건 일이잖아.'

남자로서 묻는 게 수치스러울지라도 이건 일이고, 그렇다면 당연히 확인했어야 했다. 그런데 검사는 그걸 깜빡한 것이다.

"물론 박혁우가 강간한 시점에는 열 살 시기가 들어 있습니다. 하지만 한 번 가임한 여성이 낙태한 후 다시 임신하는데 걸리는 시간은 생각보다 깁니다."

"검찰 측, 관련 자료가 있습니까?"

"으음…… 확인해 보겠습니다."

검사는 일단 뒤로 물러났다.

기본적인 생리적 지식이 설마 자신을 위협할 거라고는 생각도 못 했기 때문에 뭐라고 할 수가 없었다.

"더군다나 검찰 측의 주장에 따르면 피고인은 피해자가 10세가 되면서 강간 행위를 멈췄다는 것인데, 재판장님도 강간 가해자들의 행동을 아실 것입니다. 강간은 재범률이 상당히 높은 사건이고, 특히 피해자들에게 절대적 위치에 있는 부모가 강간을 하는 경우 그 강간 행위는 쉽게 멈춰지지 않습니다. 그런데 피고인인 박혁우가 갑자기 강간을 멈췄다고요? 그건 일반적인 심리상으로 말이 안 됩니다."

노형진은 최대한 피해자인 박세양의 이름을 빼고 호칭을 하면서 사람들을 설득하려고 했다. 그래야 사람들이 나중에 잊어버리기 쉽기 때문이다.

"그거야 가해자가 로리콘 증세를 가지고 있는 것이겠지요. 가해자가 성장한 듯하자 성적인 매력을 못 느꼈을 수도 있습니다."

검사는 대번에 박혁우를 공격했다.

사실 틀린 말은 아니다. 하지만 그는 사건을 너무 쉽게 생각하고 있었다.

"로리콘이 아닙니다. 정식 명칭을 쓰세요."

"뭐라고요?"

노형진의 말에 어이가 없다는 표정이 되는 검사.

하지만 노형진은 공격적으로 그를 깔아뭉갰다. 반박당할수록 그의 신뢰도가 떨어지는 것은 당연한 일.

이는 그가 사건을 제대로 준비하지 않았다는 증명이었다.

"로리콘은 《롤리타》라는 소설에서 나온 말입니다. 한때 금서였던 책이지요. 중요한 점은 현대에 와서 로리콘의 개념은 아주 어린 아이에게 관심을 가지는 수준을 뜻하는 거지, 전문적인 용어가 아닙니다. 전문적으로 표현하려면 페도필리아라고 하셔야지요. 한국의 정식 학명은 소아성애증입니다. 로리콘은 일본의 망가에서 많이 쓰는 단어구요. 법률 용어를 망가로 배우셨습니까?"

"크크크."

"키킥."

노형진의 공격에 뒤에서 들리는 키득거리는 웃음소리.

검사는 어이가 없었다.

"지금 절 모욕하시는 겁니까?"

"모욕하는 게 아니라, 기본적인 상식이 필요한 문제에서 아까부터 계속 그 상식 부족을 드러내고 계시지 않습니까?"

"그게 모욕이지 뭡니까!"

"자, 자! 둘 다 진정하시고. 변호인, 검사에게 모욕적 언사는 하지 마세요."

"네, 알겠습니다."

"그리고 이번 사건에서 로리콘이라는 말 대신 소아성애증이라는 학명을 사용하겠습니다."

"알겠습니다, 재판장님. 재판장님도 아시겠지만 소아성애증 환자의 경우 그 범죄율은 일반적인 강간에 비해 훨씬 높은 비율로 나타납니다. 그리고 그들의 재범 확률은 50% 이상이라고 할 정도로 가능성이 높습니다. 쉽게 말해서 그들은 절대 멈추지 못한다는 뜻입니다. 그런데 검찰의 주장에 따르면 피의자인 박혁우 씨가 소아성애자라는 건데, 그 주변에서 다른 범죄행위가 발견되거나 신고된 적이 있습니까?"

"그거야 비밀리에 했겠지요."

"없는 걸 증명하는 것은 의미가 없습니다. 없는 건 없는 것일 뿐입니다. 설사 있다고 해도, 피고인이 했다는 증거 없다면 그건 그냥 우기기일 뿐입니다."

"큭."

"더군다나 소아성애자의 사건을 보면 일반적으로 13세까지 사건이 진행되는 경우가 많습니다. 그런데 왜 10세에 멈췄을까요?"

"취향이 바뀔 수도 있고……."

"그래서 그 바뀐 취향의 다른 사건이 고발 들어온 게 있습니까?"

"성인으로 바뀌었을 수도 있죠?"

노형진은 피식하고 비웃음이 나왔다.

검사는 최소한의 정신병에 대한 정보도 없이 나온 게 분명했다.

"소아성애자는 절대 못 고칩니다. 심지어 의사들조차 소아성애자에게 쓸 수 있는 방법은 둘 중 하나뿐이라고 합니다. 거세 아니면 격리. 소아성애는 감기가 아닙니다. 치료가 될 수 없는 정신병이죠. 그런데 그게 갑자기 성인으로 취향이 바뀌어요? 무슨 드라마 찍나요? 천 배 하면 갑자기 동성애자가 이성애자로 바뀌는 그런 거? 절대 그건 불가능합니다. 물론 동성애자가 포기하고 이성과 살 수는 있습니다. 네, 살 수는 있죠. 하지만 동성애자에서 이상애자로 바뀌지는 못합니다. 소아성애자는 그것보다 더합니다. 절대 못 고칩니다. 그런데 성인으로 취향이 바뀐다고요?"

노형진이 자신의 약한 부분을 공격하자 검사는 당황했다.

'뭐야, 씨발…… 사건 쉽게 가나 했더니.'

이런 사건은 워낙 사방에서 도와주는 사람이 많아서 질 수가 없는 게 보통이라 쉽게 생각하고 왔는데 노형진이 반박하는 모든 것이 사건의 약점들이었다.

"더군다나 이 사건에서 이상한 점은 그것뿐만이 아닙니다. 피해자는 3년에 걸쳐서 강간당하고 2회에 걸쳐서 낙태했다고 했습니다."

"그렇습니다."

"그런데 그걸 유아 시절의 기억 억압에 의해서 잊어버리고 있었다고 했지요."

"네."

"인간은 적응의 동물입니다. 낙태야 무척이나 심각한 범죄행위인 만큼 그런 일이 있을 수 있습니다. 하지만 강간은 아닙니다. 1회성 사건도 아니고 3년에 걸쳐서 상당 횟수를 강간했는데 그때마다 모든 것이 억압된 기억 속으로 사라진다는 게 가능하다고 생각합니까? 인간이 적응의 동물이라는 건 이게 좋다, 나쁘다의 관계가 아니라 기억에 남는다는 겁니다. 첫 번째 강간은 기억하지 못할 수도 있습니다. 하지만 무려 3년간 동일한 행동이 진행되었는데 그걸 기억 못 한다는 건 말도 안 됩니다."

검사는 어버버거리면서 입을 쩍 벌렸다.

'기본적으로 시간을 생각해라.'

사람들은 사건을 말하라고 하면 단편적인 순간만 생각한다. 하지만 이러한 사건은 단편적인 순간이 아니라 장시간에 걸친 고문과 마찬가지이니 만일 존재한다면 기억을 안 하려야 안 할 수가 없다.

"그런데 검사는 오로지 피고인 측의 기억이 억압되었다는 말로 모든 것을 설명하고 있습니다."

"음⋯⋯."

판사는 확실히 이상하다는 듯 검사를 바라보았다.

무려 3년간의 기억을 잃어버린다? 그건 말도 안 된다.

"검사 측, 이와 관련하여 증거가 있습니까?"

"확인해 보겠습니다."

"결국 제대로 된 증거가 없군요."

검사는 아무런 말도 하지 못했고, 판사는 아무래도 사건을 이대로 종결하기는 부담스러운지 다음 기일을 잡기로 했다.

"아무래도 검사 측의 준비가 미흡한 듯하니 사건을 다음 기일로 넘기겠습니다."

그렇게 사건이 다음 기일로 넘어가고 재판정에서 나오는 순간, 노형진에게 들이닥친 것은 엄청난 욕설이었다.

"개새끼."

"너희가 그러고도 변호사야!"

"양심도 없는 새끼들!"

"나가 죽어, 이 개새끼들아"

"세상에 지켜 줄 사람이 없어서 저런 강간범 새끼를 변호하냐? 죽어 버려!"

여성 단체의 사람들과 분노한 사람들은 변론하는 노형진과 손예은에게 마구 욕했다. 그리고 그걸 본 손채림은 안절부절못하기 시작했다.

"어쩌지?"

"괜찮아. 예상은 했으니까."

"예상했다고?"

"그래. 인민재판의 부작용이지."

인민재판이라고 불리는 이러한 행동은, 자신이 판결하는 순간 다른 견해를 가진 자는 적이 된다. 문제는 그 자신이 판결할 때 양측의 말을 듣는 게 아니라 한쪽의 말만 듣는다는 것이다.

"아무리 극악한 범죄라고 해도 변호의 기회를 잃어서는 안된다, 그게 법의 모토야. 하지만 사회적인 정의와는 거리가 좀 있지."

그 순간 날아온 날계란 하나가 노형진의 머리에 퍽 소리를 내면서 부딪쳤다. 그걸 시작으로, 수십 개의 날계란들이 날아들었다.

'뻔하군.'

노형진은 그걸 맞으면서도 피식 웃었다.

일반적인 방청객이 이렇게 날계란을 가지고 올 리 없다. 더군다나 한 명이 던진다고 해서 다른 사람들도 덩달아 던질 리도 없고 말이다.

"악마의 자식!"

"너도 니 딸이나 강간할 새끼야!"

"죽어라!"

노형진의 예상대로 계란을 던지는 사람들은 다름 아닌 여성 단체의 사람들이었다.

"헉."

손채림은 그들의 과격한 행동에 놀랐지만 노형진은 그다지 놀라지도 않고 침착하게 손수건으로 얼굴을 닦았다.

"가자."

"하지만……."

"어차피 여기서 뭘 할 수는 없어."

물론 여기서 저들을 고소할 수는 있다. 명백하게 폭행이니까.

그러나 이미 여론전에서 지고 있는 상황에서 괜스레 일을 더 키울 수는 없었다.

'마지막에 웃는 자가 진짜 승리자지.'

노형진은 얼굴은 웃고 있었지만 속으로는 이빨을 빠드득 갈고 있었다.

⚖

"예상대로야."

노형진은 오자마자 박혁우에 대한 심리검사를 실시했다. 상대방이 소아성애를 들고 나왔으니 그걸 반박하기 위해서였다.

그리고 조사 결과 박혁우는 예상대로 소아성애자가 아니었다.

"검사로서는 어떻게 할지 모르겠군요. 이걸 내놓으면 소아성애자라는 주장이 의미가 없으니까요."

"그럴 겁니다. 하지만 중요한 건 이게 아닙니다. 중요한 건 그 상담사를 찾는 겁니다."

"하긴…… 그렇지요."

강간을 뒤집는 건 사실 어려운 게 아니다.

강간범들은 한강에 노 젓는다고 티가 나느냐고 말하곤 하지만 실상 산부인과 검사를 하면 다 나온다. 특히나 임신과 낙태 등의 흔적은 남지 않을 수가 없다.

"이 사건을 뒤집으려면 임신과 낙태 검사를 하기만 하면 됩니다. 그건 쉬운 선택이죠."

"그런데 왜?"

"전에 말씀드렸다시피 이건 누구도 이기지 못하는 싸움입니다. 그 피해를 줄여야 하니까요."

만일 박혁우가 지면 그는 딸을 강간한 미친놈이 되는 거고, 박세양이 지면 박세양은 아비에게 누명을 씌운 후레자식이 되는 거다.

"그런데 이 일을 저지른 녀석들은 그 사이에 끼지도 않지요. 정작 이 사건을 일으킨 놈들에게는 피해가 전혀 없는 겁니다. 그리고 똑같은 짓을 저지르겠지요."

미국에서도 그 원인이 상담사들에게 있다는 사실이 밝혀질 때까지 엄청나게 많은 집안이 그들의 세 치 혀에 의해서 무너질 수밖에 없었다.

"어찌 되었건 그들에게는 어떤 좋은 결과도 없을 겁니다.

그래서 제가 이번 싸움에 승자가 없다고 한 거구요."

아버지인 박혁우의 경우는 아무리 딸이 예뻐도 자신을 강간범으로 만들려고 했으니 용서가 쉬운 게 아니다.

딸의 경우는 있지도 않은 강간의 기억이 생기는 바람에 결국 그게 트라우마가 되어서 진짜 강간 피해자 같은 큰 충격을 받는다.

더군다나 이 일이 드러난 후 또다시 충격을 받아서 실제로 미치는 여자들도 많았다.

"미국에서는 상당히 큰일이었나 보군요."

"아주 큰일이었지요."

이 모든 게 오로지 치료사들이라고 하는 녀석들이 돈 더 벌기 위해 벌인 짓거리였다.

그들은 그렇게 해결한 것을 자랑스럽게 이야기하고 책을 내고 그 책으로 호의호식했다.

"그래서 사건을 좀 어렵게 가더라도 그들을 찾아내고 싶은 겁니다."

물론 나중에 찾아도 되긴 한다.

하지만 과연 그때 가서 국민들이 이 사건에 이렇게 관심을 가질까?

그때 가서 '사실은 이랬습니다.' 하고 말해 봐야 듣는 사람은 없다.

언론에서는 자신들이 뭔가를 덮기 위해 쓴 사건을 재조명

이것이 법이다

하지 않는다. 잘못 건드리면 덮었던 사건이 다시 튀어나오기 때문이다.

"문제는 어떤 놈인지 알 수가 없다는 거죠."

그 주변에 있는 최면 상담 치료사는 여러 명이다. 그리고 범인은 그중 한 명이다.

그런데 그게 누군지 알 수가 없다. 무조건 나오라고 해도 안 나올 게 뻔하고 말이다.

"그건 내가 해결한 것 같은데?"

문을 열고 들어온 것은 손채림이었다.

"해결했다고?"

"그래."

"아니, 어떻게?"

"호랑이를 잡으려면 호랑이굴로 들어가야 한다는 거지, 후후후."

"설마?"

노형진은 얼굴을 찌푸렸다.

물론 손채림이 썼을 방식을 생각해 보지 않은 건 아니다. 즉, 누군가 그들에게 손님으로 가는 것.

그런데 잘못하면 그게 정신적 상처로 남을 수 있어서 조심스러웠던 것이다.

"걱정하지 마. 그렇게 심각하게 될 정도로 오래 하지는 않았으니까."

"하지만 여러 명이잖아? 그러면 여러 번 해야 하는데?"

그러면 여러 번 받은 꼴이 된다.

"나도 알아. 그래서 내가 이번에 돈 좀 썼지. 아, 경비 처리 부탁해요, 노 변호사님."

영수증을 흔드는 걸 보니 다행히도 혼자 한 게 아니라 다른 사람들을 동원해서 간 모양이었다.

"내용은 간단했어. 남자 친구의 관계에 문제가 생겼다."

"남자 친구와의 관계?"

"그래. 남자 친구와 친밀해지고 싶은데 왠지 모를 거부감이 있다는 식으로."

"흠……."

딱 낚시하기 좋은 주제이다. 그런 경우는 이유를 찾으려고 하기 때문이다.

"그리고 재미있는 사람을 찾았지."

"재미있는 사람?"

"여민 최면 상담 사무소."

손채림은 자신이 받아 온 명함을 꺼내서 건넸다.

"내가 처음 간 곳은 아니야. 다른 사람이 갔는데, 그쪽 행동이 의심스럽더라고."

"의심스럽다?"

"그래. 녹음 파일을 들어 볼래?"

손채림은 작은 녹음기를 꺼내 들었다. 그리고 플레이시켰다.

–남자 친구랑 관계가 힘들다고요?

–네. 왠지 모르겠어요.

–흠…… 여러 이유가 있을 수 있습니다만, 일반적으로 이러한 성향은 강간 때문에 많이 생깁니다. 강간을 당하면 남자에 대한 적대감이 커지니까요.

–강간요? 하지만 전 강간당한 적이 없는데요?

–강간당했지만 기억을 못 하는 것일 수도 있습니다. 억압된 기억이라는 말, 들어 보셨어요?

–억압된 기억?

–네, 유년시절에 있었던 충격적 사건을 자신도 모르게 봉인하는 일이 있습니다. 이런 걸 억압된 기억이라고 하지요.

녹음 내용을 듣고 있던 노형진의 얼굴이 사정없이 일그러졌다. 자신이 알고 있는 미국 내 사건과 놀라울 정도로 흡사했기 때문이다.

"아직 안 끝났어."

손채림은 다른 녹음기를 꺼내 들었다.

"이건 다른 사람이 가서 녹음한 거야. 이번에 간 사유는, 계속 피로감이 몰려오고 아무것도 하기 싫다는 거였지."

"그런데?"

"들어 봐."

다시 플레이되는 녹음기. 그리고 그 너머에서 들려오는 익숙한 남자의 목소리.

－억압된 기억 때문입니다.

－억압된 기억요?

－네. 과거의 억압된 기억 때문에 자신의 가치를 낮게 보고 있는 거죠.

－하지만 제 기억이 억압되거나 한 적은 없는데요?

－기억이 안 나니까 억압된 기억이라고 하는 겁니다. 보통은 유년 시절에 발생한 강간으로 인해 많이 발생하는데…….

말하는 방식은 조금 달라졌지만 결과는 똑같았다.

강간의 기억이 억압되어 있어서 그것 때문에 고통받는다는 말.

"이게 무슨 개소리야?"

노형진으로서는 기가 막혀서 말이 안 나올 지경이었다.

전혀 다른 사람이 전혀 다른 증상으로 갔는데 결과가 똑같았다.

"다른 것도 있어."

"또 있다고?"

"그래. 이번에는 내가 가서 해 본 거야."

손채림은 다시 녹음기를 꺼냈고, 거기에서는 익숙한 손채림의 목소리가 흘러나왔다.

－하지만 저희 아버지가 좀 가부장적이기는 하지만 그런 짓을 할 사람은 아닌데요?

맞는 말이다.

손채림의 아버지는 변호사다. 그것도 한국에서 가장 잘나가는 변호사. 그런데 손채림에게 손댈 리 없다.

–그렇게 생각하는 것뿐입니다. 잘난 사람일수록 그런 행동은 은밀하게 잘하거든요.

–저도 나이가 있으니 뭐, 아버지가 룸살롱에 다녔을 거라는 것 정도는 예상해요.

–룸살롱이 아니라 당신에 대한 문제입니다. 그는 당신을 성적인 대상으로 억압했을 가능성이 높아요.

–네? 하지만 전 그럴 틈도 없었다고요. 어려서부터 학원만 다녀서.

–당신이 자거나 학원이 쉬는 날도 있었을 수 있습니다. 아니면 학원을 조퇴시켰을 수도 있죠. 하나 확실한 것은, 당신 스스로가 내면에서부터 그걸 인정하지 않고 기억을 떠올리기를 거부한다는 겁니다.

노형진은 거기까지 듣고는 그대로 녹음기를 꺼 버렸다.

"무슨 만물 강간설이냐?"

모든 정신적 문제는 강간으로 인해 발생한다는 식의 우기기다.

"그런데 진짜 말은 잘하더라. 내가 사전에 알고 간 게 아니면 깜빡 속아 넘어갈 뻔했어."

"그렇겠지. 훈련받은 사람일 테니까."

노형진은 범인을 찾았다는 생각에 안도의 한숨이 나왔다.

"그런데 내가 거기서 뭘 봤는지 알아?"

"뭘 봤는데?"

"직접 보라고. 내가 몰래 찍어 왔으니까."

노형진에게 핸드폰을 내미는 손채림.

노형진은 그걸 받아 들고는 확인했다. 그리고 머리를 절레절레 흔들었다.

⚖️

"이…… 이게 사실인가요?"

박세양은 떨리는 목소리로 물었다.

자신의 기억이 조작되었을 가능성이 높다는 것은 생각도 못 한 일이었던 것이다.

"사실입니다. 실제로 있었던 일이지요."

"하지만……."

"생각해 보세요. 이 사건의 본질은 당신 내면에 있습니다. 그런데 정작 외적인 증거는 전혀 없지 않습니까?"

"하, 하지만…… 분명히 기억이……."

"기억은 조작된 겁니다. 기억은 언제나 확실한 게 아닙니다. 사실 기억을 조작하는 것은 어려운 일도 아니고요."

실제로도 그런 사건은 흔하게 벌어진다.

증인을 불렀지만 그 증인의 기억이 확실하지 않은 경우는 무척이나 흔하고, 가끔은 전혀 없었던 일을 상상으로 만들어 내기도 한다.

"하지만 당사자는 그걸 모르죠."

"왜요?"

"기억 자체가 조작되었으니까요. 실제로도 이런 실험은 많이 이루어졌습니다."

가령 아이들에게 어려서 널 잃어버린 적이 있다는 식으로 부모가 이야기하자 아이들은 자신을 찾아서 부모에게 데려다준 경찰에게 감사의 편지까지 써서 보낸 적이 있다. 당연히 그 실험에서 부모는 아이를 잃어버린 적도 없었다.

"인간은 사진기가 아닙니다. 인간의 기억은 곡해되고 삐뚤어지고 변동됩니다. 그 당시 사건을 담당했던 정신학자가 이런 말을 했지요. 인간의 기억은 백과사전이라기보다는 위키 백과에 가깝다."

"위키 백과?"

"네."

백과사전은 이미 정형화된 채로 확실한 형태를 가지고 나온다. 그래서 그걸 고치거나 바꿀 수가 없다.

그러나 위키 백과는 인터넷상에서 누구나 접속해서 바꿀 수 있는, 변동 가능한 정보일 뿐이다.

"즉, 박세양 씨의 기억은 조작되었을 가능성이 높다는 겁니다."

"하, 하지만…… 이유가…….'"

자신들에게 무슨 억하심정이 있어서 자신들의 인생을 이

렇게 박살을 낸단 말인가?

"욕심이죠."

"욕심?"

"네."

그 당시 그런 실수를 했던 사람들 중 일부는 진짜로 몰라서 한 짓이었다. 그러나 상당수는 그런 게 아니라 욕심 때문에 그런 짓을 했다.

"전에 말했다시피 이런 사건이 발생하면 그걸 치료하기 위해 상담을 받게 됩니다. 상담을 받기 위해서는 막대한 돈이 들어가지요. 박세양 씨도 무려 1회 10만 원씩 내지 않았습니까?"

"……."

그랬다. 박세양도 그렇게 무려 20회나 가서 상담을 받았다.

"그리고 이러한 상담은 상담이 길어질수록 내담자는 상담사에게 더욱 기대게 됩니다. 어쩔 수가 없는 현상이죠."

"그 말은?"

"아마도 특별한 사유가 없는 한 평생에 걸쳐서 그 사람과 교류했을 겁니다."

"헐……."

"그런 사람이 열 명이라고 생각해 보세요."

한 사람이 20만 원씩 일주일이면 200만 원이고, 한 달이면 800만 원이다. 그리고 1년이면 연봉이 1억이 된다. 더군다나 현금만 받으니 사실상 세금도 안 내는 셈이다.

"그리고 시간이 지나면 지날수록 그런 사람들은 많아집니다. 하루에 한 시간 정도 상담받는다고 하면 여섯 명 정도 받을 수 있지요. 그들은 단골입니다. 절대 떠나지 않지요. 상담사에게 예속되어 있으니까요."

실제로 미국에서는 상담사는 무척이나 고급 인력이고 잘사는 사람들에 속한다. 하지만 그만큼 조심하고 또 공부해야하는 사람들이다.

'하지만 한국은 그런 법이 전혀 없지.'

물론 자격에 관련된 법이 있기는 하지만 그건 어디까지나자격에 관련된 것뿐이지, 그가 자격을 딴 후는 관리하지 않는다.

'그게 문제야.'

이 남자가 어디서 이런 방법을 생각해 냈는지 알 수는 없지만 그가 치밀하게 준비한 것은 확실했다.

"그럴 수가……."

"이런 사건의 문제는 가상의 기억이라고 할지라도 당사자에게는 실제로 강간당한 것과 동일한 충격이 간다는 겁니다."

그리고 그 치료를 위해 환자는 계속 그를 찾아갈 것이다. 자신의 억압되고 감춰진 기억을 찾아 준 그를 신뢰하면서.

"남석영란 역시 그쪽에서 소개해 줬다고요?"

"네."

"그럴 겁니다."

그곳에서 손채림이 찍어 온 사진.

그건 다름 아닌 남석영란과 함께 찍은 사진이었다.

"미국에서도 이런 일을 하던 녀석들은 여기저기에 선을 깔아 놨으니까요. 여성학자, 페미니스트, 법률학자, 심지어 변호사까지. 그들은 자신을 보호하는 데에 도움이 되는 사람들과 선을 만들어 놨고, 그들에게 환자를 넘겨주는 조건으로 도움을 받았어요. 실제로 그 당시에 소송한 대다수의 사람들은 소개받은 변호사에게 소송을 맡겼죠. 심리적으로 기대고 있는 상황이니까."

'아주 더러운 카르텔이었지.'

돈을 위해서라면 가정을 완벽하게 박살 내는 것도 두려워하지 않았던 것이다.

"그럴 수가……."

안국림은 믿을 수가 없다는 얼굴로 손을 부들부들 떨었다.

딸의 말만 믿고 남편을 버렸는데 그게 모두 거짓이었다니.

'이게 이 사건의 지랄 같은 점이지.'

승자가 없다. 그건 단순히 재판의 결과가 아니었다.

누가 이 사건을 이겨도 해체된 가정은 절대로 복구되지 못한다. 서로가 서로에게 등을 돌린 채로 멀어지게 된다.

그게 현실이다.

"믿을 수 없어요……. 그런 말도 안 되는……."

"애석하게도 이미 증거는 충분합니다."

"충분하다고요?"

"네. 미국이 어떤 나라인데요."

노형진은 씁쓸하게 웃으면서 사진을 한 장 내밀었다. 그건 손채림이 찍어 온 다른 사진들 중 하나를 확대한 사진이었다.

"이 책, 보이십니까?"

"네."

"그리고 이 책도요."

노형진은 그 사진에서 몇 개의 책을 골라냈다. 그리고 천천히 입을 열었다.

"이건 모두 미국에서 발간되었던 책입니다. 이 사태를 저지른 녀석들이 쓴 책이죠."

"무슨 말이죠?"

"내담자에게 가짜 기억을 심는 방법을 설명한 책이라는 겁니다. 솔직히 미국에도 없는 책을 어떻게 구했는지, 대단하군요."

박세양과 안국림은 털썩 주저앉았다.

⚖️

"그냥 취하하는 게 좋지 않겠습니까?"

손예은은 걱정스럽게 물었다.

피해자들을 설득했으니 취하하는 것은 어려운 일이 아니었다. 그들도 납득했고 관련 치료를 받기로 했다.

그런데 노형진은 정작 그 사건을 취하하지 말라고 한 것이다.

"지금 취하하게 되면 결론이 어떻게 나올 것 같나요?"

"우리가 돈을 먹여서 취하했다고 하든가 우리가 압력을 넣어서 했다고 하겠지요."

손예은도 예상은 한 듯 말했다.

"하지만 어찌 되었건 사건은 끝나는 건데요?"

"그렇지요. 하지만 동일한 피해자들이 계속 생길 겁니다."

"하긴……."

일단 그 인간은 여성이 오면 그런 식으로 세뇌하려고 하는 듯했다. 어차피 상담은 한국에서 창피한 것이기 때문에 내용을 누구에게 말할 리도 없으니까.

"그때마다 이 사건처럼 해결될 수 있을지는 알 수 없지 않습니까?"

"그건 그렇군요."

이번에는 운이 좋아서 관련 사건을 알고 있는 노형진에게 사건이 와서 알아차린 것이지, 미국의 수업 과정을 한국 변호사가 알 가능성은 그다지 높지 않으니 아마도 대부분의 변호사들은 일반적인 강간 사건 변호 방식으로 접근할 것이다.

"그러면 얼마나 더 많은 피해자가 생기겠습니까?"

차라리 어디 다치는 거라면 치료라도 하면 그만이다. 그러나 이런 행동은 누구에게도 치료받지 못하고 누구에게도 배상받지 못한 채로 사람을 좀먹는 짓이다.

결국 그들은 자살이라는 극단적인 선택을 하기도 한다.

"차라리 여기서 대놓고 공개하는 게 더 좋습니다."

한번 공개하게 되면 사람들은 그런 놈들을 조심할 테니까.

"하지만…… 영 찝찝하군요."

"뭐가요?"

"선량한 심리 상담사들이 받을 피해가 적지 않을 테니까요."

"끄응…… 어쩔 수 없지요."

안 그래도 심리 상담이라는 것에 대해 부정적인 한국인데 이런 사건이 터지면 그들의 상황은 더욱 안 좋아질 것이다.

그러나 해야만 한다. 구더기 무서워서 장 못 담글 수는 없지 않은가?

'미국에서도 마찬가지였지.'

그 당시 미국 심리 상담가들의 이미지는 바닥을 쳤고, 그러한 심리 상담가들의 주장을 뒤엎었던 정신과 의사들과 진짜 상담가들은 그들의 살해 위협을 받으면서 살아야 했다.

하지만 그 덕분에 제대로 된 상담 문화가 자리 잡았다.

"결국 새로운 씨앗을 뿌리기 위해서는 때로는 모든 걸 뒤집어야 합니다."

노형진은 마음을 독하게 먹기로 했다.

드디어 시작된 재판.

노형진은 검사가 뭐라고 하든 가만히 구경만 하고 있었다.

"이러한 증거들을 보아 피고인은 피해자를 강간하고 낙태를 유도한 것이 확실합니다."

검사는 확실히 이번에는 상당히 준비한 것이 틀림없었다. 자신이 이야기했던 수많은 이론들 말고도 그걸 반박할 수 있는 이론들을 많이 준비했으니까.

'그런데 미안해서 어쩌나?'

재판이라는 것은 공방이다. 이쪽에서 공격하면 저쪽에서 방어하는 일종의 전면전이다.

그러나 노형진은 이번 싸움에서는 그렇게 전면전을 할 생각이 없었다.

"재판장님, 증인으로 피해자 박세양 씨를 신청합니다."

"피해자를?"

"지금 피해자한테 2차 피해를 주겠다는 거야, 뭐야!"

갑자기 소리를 지르면서 끼어드는 남석영란.

노형진은 그녀를 힐끗 보고는 바로 고개를 돌렸다.

'네가 왜 안 나오나 싶었다.'

2차 피해를 막는다는 이유로 피해자에게 정작 2차 피해를 주던 그녀. 더군다나 그녀의 사진이 상담사의 사무실에 있었다.

'어찌 되었건 너희는 아웃이다.'

남석영란이 거기서 벌어진 기억 조작 사실을 아는지 모르는지 알 수는 없지만, 확실한 것은 사진이 있다는 것만으로도 이미 박세양은 그녀를 믿지 못한다는 것이다.

"피해자 측과 이야기가 된 것입니다."

"피해자 측과 이야기가 된 거라고?"

검사조차 당황해서 어쩔 줄 몰라 했다.

일반적으로 검사가 사건을 기소할 때는 전적으로 피해자를 배제하기 때문에 잠깐 사이에 무슨 일이 벌어졌는지 알지 못한 것이다.

"음…… 피해자와 이야기가 되어 있다면…… 인정합니다. 피해자, 증인으로 나오세요."

앞으로 나오는 박세양.

그녀는 떨리는 몸을 진정시키면서 선서하고 증인석에 앉았다.

그 모습에 다들 당황했고, 심지어 박혁우조차 당황한 눈치였다. 하긴, 전혀 모르고 있었을 테니까.

'거참…… 내 살다 살다 형사사건을 의뢰인이 아닌 상대방이랑 해결하기는 처음이네.'

노형진은 이 낯선 경험에 대해 왠지 어색하게 느끼면서 그녀의 앞으로 나갔다. 그리고 천천히 질문하기 시작했다.

"증인, 증인은 피고인 박혁우의 딸입니까?"

"네…… 맞습니다."

"그러면 증인은 피고인 박혁우를 강간으로 고소했습니까?"

"네…… 고소했습니다."

천천히 하는 말.

그리고 다음 질문에 사람들은 웅성거리기 시작했다.

"그러면 증인은 박혁우가 증인을 강간했다고 확신하십니까?"

"전…… 그렇게……."

전이라면 '네.'라는 대답이 나왔을 것이다. 하지만 그러지
못하는 박세양.

"뭐야?"

"왜 저래?"

다들 어리둥절한 상황에서 박세양은 충격적인 말을 꺼냈다.

"전…… 잘 모르겠습니다."

"뭐라고?"

"잘 모른다고?"

"아니, 이게 무슨 소리야?"

한국은 아직까지 강간이 친고죄인 상황이다. 그런데 고소
자가 잘 모르겠다고 하면 사실상 사건은 종결된다.

"증인, 장난해요, 지금!"

심지어 검사조차 당황해서 일어나서 소리를 버럭 질렀다.

노형진은 그런 검사를 바라보다가 판사를 바라보면서 항

이것이 법이다

의했다.

"재판장님, 아직 피고인 측의 질문 안 끝났습니다."

"어……."

재판장도 당황한 듯하더니 바로 자세를 바로 하고 검사를 바라보았다.

"검사, 변호인 측 질문이 끝난 후에 말하세요. 변호인은 질문 계속하세요."

"네, 재판장님."

노형진은 웅성거리는 사람들을 무시하고 박세양을 바라보면서 물어봤다.

"증인은 강간당했다는 기억이 억압되어 있었다고 했습니다."

"네."

"그걸 어떻게 깨달은 거죠?"

"저를 치료했던 심리 상담사가 해 준 말입니다."

"심리 상담사가 해 줬다고요? 어떻게요?"

"저에게 최면을 걸어서 과거에 있었던 일을 생각나게 해 준다고 했습니다."

"그 일이 강간이었나요?"

"네."

"그 당시 그 심리 상담사가 뭐라고 하던가요?"

"제가 느끼고 있는 증상은 억압된 기억을 가지고 있을 때 많이 생긴다고 했습니다. 그리고 일반적으로 그러한 억압된

기억은 부모의 강간과 같은 충격적인 일에 의해서 발생한다
고 했습니다."

"확실합니까?"

"네."

다들 아무런 말도 하지 않고 노형진을 바라보았다. 그 심
리 상담사가 했다는 말이 그럴듯해 보였기 때문이다.

노형진은 그런 사람들의 마음을 알기 때문에 그것을 뒤집
을 수 있는 증거를 내놓기로 했다.

"증인, 제가 지금부터 증인에게 녹음된 기록을 들려줄 겁
니다. 잘 들어 보세요."

"네."

노형진은 손채림이 준비해 온 녹음 내역을 틀어 주기 시작
했다.

그러자 사람들의 표정은 묘해졌다.

하는 말은 비슷한데 대답하는 여성의 목소리는 다르다.
즉, 환자는 다른데 말이 똑같다는 소리다.

"이 목소리가 그 사람의 목소리인가요?"

"네."

"그러면 그런 말을 할 당시 그 사람이 지금 한 말과 비슷
하게 말했나요?"

"네."

"그 말을 처음부터 믿었습니까?"

"아니요."

"그런데 뭐라고 하던가요?"

"잠재의식에 너무 깊숙이 들어갔다고, 여러 번 치료받아야 한다고 했습니다."

"그렇단 말이지요."

"네."

"재판장님, 이 사건의 증거로 이 녹음 내역을 제출하는 바입니다. 이 녹음 내역에 등장하는 여성은 모두 본 로펌의 직원이며 정상적인 가정에서 태어난 사람입니다. 심지어 증거 번호 7-1의 여성의 경우 아버지가 3세에 돌아가신 것으로 알고 있습니다."

"헐."

"뭐야……."

결과적으로 아버지도 없는데 아버지한테 강간당했다는 소리를 했다는 것 아닌가?

"어어?"

전혀 생각하지도 못한 방식으로 공격이 들어오자 검사는 당황해서 어쩔 줄 몰랐다.

'이게 아닌데?'

자신이 생각한 공격의 패턴은 어떻게 해서든 고소한 딸의 신빙성을 낮추기 위해 그들을 인신공격할 거라는 것이었다.

그런데 인신공격은커녕 도리어 그들과 더불어 반박하고

있었다.

"이게 무슨 소리입니까? 변호인, 이게 이번 사건과 무슨 관계가 있단 말입니까?"

"재판장님, 여기 미국의 판례인 허머 대 오츠카 사건을 참고 자료로 제출합니다."

"허머 대 오츠카 사건?"

"네, 미국에서 발생한 기억 조작에 관련된 사건입니다."

"기억 조작?"

"기억 조작이라니? 그게 가능해?"

어리둥절한 사람들.

"가능합니다. 허머 대 오츠카 사건은 미국에서 발생한 사건으로, 상담사가 기억을 조작하여 내담자가 부모에게 강간당했다는 주장을 하게 만들었던 사건입니다."

"말도 안 되는 주장입니다."

이건 전혀 생각하지 못했던 일이었기 때문에 검사는 벌떡 일어나서 말을 잘랐다.

기억 조작이라니, 이런 판타지스러운 일이 가능할 거라고 누가 예상이나 하겠는가?

"말이 안 되는 사건이 아니라 실제 존재했던 사건입니다. 만일 의심스러우면 미국에 확인해도 됩니다. 미국에서는 심리적 의존에 관한 사례로, 로스쿨에서 기본적으로 배우는 사건 중 하나이니까요."

"헐."

그런 사건이라면 노형진이 거짓말을 할 이유가 없다.

"그리고 한국 내부에서 동일한 주제로 한 실험을 증거로 제출합니다."

"동일한 실험?"

"네, 한국의 교육 방송에서 해당 사건에 대해 설명하면서 간단한 실험을 한 적이 있습니다. 그 결과, 실험에 참가했던 사람들은 자신이 하지 않았던 행동에 대해 했다고 기억하거나 자신에게 벌어진 일이라고 착각하는 경우가 80% 이상이었습니다."

"이 무슨……."

다들 당황하는 사이에 갑자기 찢어지는 듯한 고함 소리가 들려왔다.

"거짓말! 거짓말이야! 헛소리하지 마!"

발악적으로 소리를 지르는 사람은 다름 아닌 남석영란이었다.

"거짓말이라니요? 제가 신성한 법정에서 거짓말을 하겠습니까?"

"음……."

판사도 당혹스러운 얼굴이 되었다.

이렇게 관련된 증거를 확실하게 제출했고 당사자인 피해자가 증언까지 했으니 그냥 무시할 수는 없는 노릇.

물론 노형진은 그것만으로 사건을 멈출 생각이 없었다.

"그리고 당사자인 박세양 양의 도움을 얻어서 산부인과 진료 기록을 제출하는 바입니다."

"뭐라고?"

"산부인과 진료 기록?"

"그렇습니다. 당사자의 동의를 얻어서 진행된 검사이며, 그 결과 박세양 양은 임신도, 낙태도 한 흔적이 전혀 발견되지 않았습니다."

사람들은 어리둥절한 얼굴이 되었다.

"그런 게 가능합니까?"

"현대 산부인과 기술이 그냥 애 낳는 것만으로 발전된 건 아닙니다. 하물며 한 생명에 관련된 기록인데 없겠습니까?"

"이 무슨……."

심지어 피해자조차 피고인 측을 도와서 검사했다는 사실에 검사는 포기한 듯한 얼굴이 되었다.

친고죄인데 피해자가 피고인 측을 도와준다는 건 그냥 소송을 취하한다는 소리밖에 더 되겠는가?

'물론 내가 그렇게 쉽게 넘어갈 수는 없지.'

그렇게 되면 결국 이 피해는 박혁우와 박세양 가족이 다 뒤집어쓰게 된다. 그러니 최대한 사건을 이슈화시켜서 이 피해를 다른 쪽으로 돌려야 한다.

"음…… 증거로 받아들이겠습니다."

판사는 산부인과 기록을 넘겨받으면서도 여전히 얼떨떨한 상황이었다.

그런데 정작 그 상황에 분노하는 사람이 있었다.

"너…… 너…… 내가 그렇게 도와줬는데 결국 강간범 편을 들어! 넌 여성이라는 젠더성을 버린 거야! 배신자야! 배신이라고!"

고래고래 소리를 지르는 남석영란이었다.

"배신이 아니라 진실을 찾은 겁니다."

"웃기지 마! 이거 다 조작이야, 조작! 이 나라가 남자를 편들어 준다는 확실한 조작이라고!"

'얼씨구.'

말도 안 되는 헛소리를 하는 그녀를 보면서 노형진은 고개를 흔들다가 따끔하게 한마디 했다.

그동안은 싸우기 싫어서 조용히 있었던 것이지, 저쪽에서 이런 식으로 나온다면 자신들도 할 말은 많았다.

"여성인 게 문제가 아니라 당신인 게 문제인 것 같군요."

"뭐라고?"

"나쁜 놈은 나쁜 놈일 뿐입니다. 그게 여성이라서, 남성이라서가 아니라요. 그 앞에 붙어야 하는 게 나쁜 놈일 뿐이라는 거죠. 남자의 입장에서도 강간범은 나쁜 놈입니다. 이번 사건은 강간이 아니라 기억이 조작된 사건이고요. 그런데 왜 남자가 나쁜 놈입니까? 기억을 조작한 그 상담사가 처벌받아야 하는 거 아닌가요? 거기에 왜 젠더 타령을 합니까? 나쁜 놈일 뿐인데."

"개소리하지 마! 이건 조작이야!"

발악하는 그녀를 보면서 결국 판사는 얼굴을 찡그렸다.

"경비, 저 여자 끌어내요."

"네."

"이건 조작이야! 이 나라가 사건을 조작해서 여자에게 피해를 떠넘기고 있어!"

끌려 나가는 남석영란.

그런 그녀를 물끄러미 보던 판사는 증인석에 앉아 있는 박세양을 바라보며 물었다.

"증인, 아니 피해자."

"네."

"취하할 겁니까? 취하하면 더 이상 고발하지 못합니다."

박세양은 아랫입술을 슬며시 깨물다가 천천히 고개를 끄덕거렸다.

"피해자가 취하 의사를 밝혔으므로 사건을 다음 기일로 미루겠습니다. 취하가 한 달 이내에 접수되지 않는 경우 다음 기일을 잡도록 하겠습니다."

판사는 의사봉을 두들겼고 노형진은 이 황당한 사건이 끝났다는 생각에 안도의 한숨을 내쉬면서 의자에 앉을 수 있었다.

"어떻게 될까?"

"글쎄……."

노형진은 취하서를 접수하고 서 있는 박세양, 안국립 모녀와 그런 가족들과 거리를 두고 있는 박혁우를 안타깝게 바라보았다.

"노력은 하겠지. 하지만…… 솔직히 가능성이 없어."

저들은 한 가족이다. 아니, 가족이었다.

그러나 이제는 남남일 수밖에 없다.

"누구도 이길 수 없는 재판이라……."

"이게 현실이지."

누군가의 세 치 혀에 가정이 무너졌지만 누구도 책임지지 않는다.

"남석영란은 그게 조작이라는 거 알고 있을까?"

"모르지."

그건 모를 일이다.

그녀가 화낸 것이 그냥 남성에 대한 분노 때문에 그런 것인지, 아니면 자신들이 공들인 작전이 뒤집혀서 그런 건지 알 수 없으니까.

"확실한 건 더 이상 같은 짓거리는 못 할 거라는 거야. 정부의 반응은 참 빠르다니까."

처음에는 뭔가를 덮기 위해 강간 사건을 띄우려고 하던 정부와 언론은 기억 조작이라는 소재가 생기자마자 덥석 물고는 마구 규탄하고 있었다.

어떻게 보면 이 기억 조작이라는 소재가 부녀 강간보다 더 자극적이고 관심을 끌기 좋기 때문이다.

"상담사들에게는 헬 게이트가 열린 셈이고……."

물론 선량한 사람들이 있고 또 그들의 도움을 필요로 하는 사람들이 있으니 당장 상담이 사라지지는 않을 것이다. 하지만 당분간은 색안경을 피할 수 없다.

"더군다나 비슷한 사건에 대해서는 새로 조사한다고 하니…… 강간범들만 신났겠군요."

"그건 그렇지요."

정부에서는 이번 사태를 심각하게 생각하고 비슷한 사건에 대한 전수조사를 시작한다고 했다. 그러자 강간죄로 감옥에 들어간 녀석들이 다짜고짜 재조사를 요구하기 시작했다.

"개인의 욕심이 저지른 일치고는 참…… 일 커지네."

"그런 게 세상이야."

노형진은 서로를 바라보다가 결국 가까워지지 못하고 반대로 걸어가는 가족들을 보면서 안타깝게 중얼거렸다.

"가끔은…… 가해자는 없는데 피해자만 생길 뿐이지."

그렇게 멀어지는 가족 너머로 붉은 태양만 지고 있을 뿐이었다.

약자는 약자가 아니다

"결국 아무런 말도 안 했네."

손채림은 뉴스를 보면서 말했다.

경찰에 잡혀간 상담사는 결국 아무런 말도 하지 않았다. 사건은 계속되고 피해자는 계속 나오는데 침묵을 지킬 뿐이었다.

"이런 경우는 참 애매하거든."

"애매하다고?"

"이런 경우를 통제할 만한 법이 없잖아. 상담 과정에서 잘못된 기억을 심은 것과 잘못된 기억이 떠오른 건 전혀 다른 문제거든."

"하긴……."

전자라면 명백하게 상담사의 잘못이지만 후자라면 상담사의 잘못이 없다.

"더군다나 이런 식의 세뇌가 가능한 것인지, 아직까지 법원에서 판결이 나온 적도 없고 말이야."

"여러모로 곤란한 사건이네."

노형진의 말에 손채림도 이해한다는 듯 고개를 끄덕거렸다.

판사들에게 중요한 것은 선례다. 특히 우리나라는 선례라는 것을 필요 이상으로 중요하게 생각한다.

어느 정도냐면, 어떤 신약이 나왔는데 정부에서는 그 약에 대한 선례가 없다는 이유로 허가를 내주지 않았다.

애초에 신약이기 때문에 당연히 선례가 없을 수밖에 없다는 걸 알면서도 공무원들이 책임지기 싫어서 무조건 선례를 요구한 것이다.

"그리고 그 배상액도 형사가 끝나도 민사도 있으니까……."

민사를 가도 문제는 있다.

우리나라의 법원은 정신적 손해에 관해서 터무니없이 낮은 배상금을 매긴다. 그런데 이번 사건의 경우 정신적 피해뿐이다. 그마저도 그 책임을 확실하게 다루기 힘들다.

"4천이나 나오면 잘 나온 거지."

"그런데 왜 그 상담사가 남석영란에 대해서는 말하지 않았을까?"

"첫째, 남석영란이 그걸 몰랐을 가능성도 있지."

하지만 노형진의 생각에 남석영란의 행동을 봐서는 알았을 가능성이 높다. 진실은 저 너머로 사라졌지만 말이다.

"안다면?"

"안다면 돈 때문일 거야."

"돈?"

"그래. 일단 배상금은 줘야 하는데 그 돈이 어디서 나오겠어?"

"남석영란이 무슨 돈이 있다고?"

노형진은 씁쓸하게 미소 지었다.

"7억."

"응?"

"이번 사건으로 인해 남석영란이 이끄는 민주여성단에 들어온 후원금이야."

"헐."

"그중에서 2억만 줘도 사건은 무마될걸."

그래도 5억이 남는다. 남석영란으로서는 상당히 남는 장사를 한 셈이다.

'카르텔을 짠 건가?'

그럴 가능성이 높다.

수사를 할수록 여러 가지 사실이 나왔는데, 그중 하나가 바로 상담사가 미국에서 공부했다는 것이다.

'그 당시 이걸 배워 왔다면……'

그렇다면 그냥 상대방을 세뇌하는 방법만 배우지는 않았

을 것이다. 그 당시 그들은 카르텔을 짜서 움직였으니까 그 것도 배웠을 가능성이 아주 높다.

'결국 이번 사건은 카르텔 와해 선에서 끝나겠군.'

저들에게 제대로 된 처벌은 내려지지 않을 테고 배상도 그 다지 하지 않을 것이다.

하지만 저런 방식으로 가족들을 박살을 내면서 돈을 버는 것을 하지 못하게 된 것이 다행이라면 다행일 것이다.

'남석영란이 날 무지하게 싫어하겠군.'

단순히 상담비만이 아니다.

상담사야 그 상담비가 적지 않았겠지만 그런 사람들을 계 속 보호했다면 남석영란은 적지 않은 돈을 벌었을 것이다.

당장 이번 사건만 해도 무려 7억이나 되는 지원금이 왔으 니까.

"그 당시 왜 그 사람이 경호원이 붙고 경찰이 지켰는지 알 것 같네."

미국에서도 이 사건을 해결했던 사람을 경찰이 붙어서 경 호해야 할 정도로 심각한 살인 위협을 받았다.

그런데 자신이 하고 나자 거기에 왔다 갔다 하는 돈이 적 지 않은 걸 알 수 있었다.

"일단 뭐, 지금 급한 건 끝난 것 같으니 나머지는 나중에 해결해야지."

당장 더 이상 추가적인 피해자가 없다는 것만으로도 충분히 성과는 있다고 볼 수 있는 일이었기 때문에 노형진은 일단 안심했다.

"일단은 우리가 할 수 있는 건 다 했으니까."

노형진으로서는 더 이상 피해자가 생기지 않게 막은 것만으로도 다행이라고 할 수 있는 상황이었기 때문에 더는 신경 쓰지 않기로 했다. 더 이상 신경 써 봐야 자신들이 할 수 있는 것도 없고 말이다.

"그래, 나중 일은 나중에 해결하자."

손채림도 이번 사건은 질려 버렸다는 듯 고개를 절레절레 흔들었다. 인간이 돈 때문에 얼마나 타락할 수 있는지를 다 본 듯한 느낌이었다.

"당분간은 좀 쉬었으면 좋겠다."

"하하하, 나도 그랬으면 좋겠다."

"잘도 그렇겠다. 너 같은 일중독자가 쉰다고? 차라리 내일 서쪽에서 해가 뜬다고 해라."

노형진은 피식 웃을 수밖에 없었다. 틀린 말은 아니기 때문이다.

'하긴…… 요즘 정신없이 지내고 있기는 하지?'

일은 쌓이고 시간은 없다 보니 제대로 쉬어 본 게 언제인지 알지도 못할 지경.

"이번 연휴에는 좀 쉬어야지. 그러는 넌 뭐 할 거야?"

새해가 되고 설이 되면 많은 사람들이 가족을 찾아서 고향에 간다. 하지만 손채림은 그럴 처지가 아니다.

사실상 집안에서 자신의 길을 간다는 이유로 쫓겨난 상황이라 집에 간다고 해도 받아 줄 리 없다.

"글쎄다……. 일단…… 먹방 투어?"

"먹방 투어?"

"그래. 여자는 먹는 거지. 남자가 야한 생각 하는 만큼 여자는 먹는 생각을 한다는 말 몰라?"

"헐…… 그렇게 생각을 하냐? 말도 안 돼."

"뭐야? 도대체 남자는 얼마나 야한 생각을 하는 거야?"

노형진과 손채림은 말장난을 하다가 피식 웃었다.

갈 곳이 없으면 같이 갈까 했더니 손채림은 이미 마음을 굳힌 듯했다.

"먹방 투어라……. 나 좀 맛있는 것 좀 사다 줘 봐."

"돈 많은 분이 왜 이래. 에헤, 쪼잔하게."

"돈이 문제냐? 시간이 문제지."

"우리에게는 택배라는 좋은 제도가 있잖아."

노형진은 큭큭거리면서 웃었고 그렇게 즐거운 명절을 맞이했다.

⚖

"으아아, 전이다!"

이것이법이다

막 나온 따뜻한 전이 얼마나 맛있는지 먹어 본 사람은 안다.

노형진은 따뜻한 전에다가 손을 뻗다가 번개같이 날아온 어머니의 손길에 슬쩍 손을 뺄 수밖에 없었다.

"아, 왜 때려요."

"제사에 쓸 거야."

"저기 산더미같이 있잖아요."

"그래도 안 돼. 할 게 얼마나 많은데."

"그냥 사람을 쓰지."

"너 돈 좀 있다고 애가 변한다. 제사는 정성이야. 사람을 쓰면 정성이 들어가니? 그리고 그 쓰는 사람은 제사 준비 안 해? 그게 사람 무시하는 거다."

"그거 아닌데."

결국 입을 삐쭉거리면서 물러난 노형진.

그렇게 방 안으로 들어온 그는 자리를 잡고 조카를 보면서 히죽 웃었다.

"아이구, 예쁘다."

노형진의 누나인 노현아가 결혼하고 낳은 아이는 여자아이였는데 아버지는 첫 손주라는 사실에 아주 예뻐서 어쩔 줄 몰라 하고 있었다.

"예쁘지? 그렇지?"

"네, 너무 예뻐요."

하지만 노형진은 그러한 예쁨이 자신에게 불똥이 튈 거

라는 생각을 하지 못하고 있었다.

하긴, 아직 그 불똥이 튈 나이는 아니라고 생각하고 있으니까.

그러나 그건 어디까지나 노형진의 착각이었다.

"그러니까 너도 애 낳아."

"네?"

"너도 슬슬 결혼 준비를 해야지. 너, 만나는 사람 없냐?"

"아니, 아버지, 제가 나이가 몇 살인데."

"얀마, 난 너만 할 때 널 낳았어. 일찌감치 애 낳아서 키우고 편하게 살면 얼마나 좋아? 나이 먹고 돈 벌러 다니고 싶어?"

"아버지, 우리 집이 그런 말 할 상황이 아닌 거 아시죠?"

아버지의 경우도 노형진의 추천을 받아 투자해서 적지 않은 재산을 가지고 있고, 노형진의 경우는 아예 계산 자체가 정확하게 되지 못할 정도로 많은 재산을 가지고 있다.

투자는 확실하게 성공하고 투자할 돈은 많으니 결국 그게 자산의 증가로 연결되는 것이다.

"우리 집안에서 가진 돈만 해도 3대가 뭐야, 30대는 놀고 먹어요."

"돈이 언제까지 있으라는 법도 없고 말이다."

"우리 집에 돈 마를 정도면 나라 파산 상태라니까요."

"넌 아빠 말에 왜 그렇게 말대꾸야?"

"누나까지 왜 그래?"

"너도 장가가야지."

"이 사람들이 진짜 나 없는 사이에 짰나."

심지어 매형인 박광석조차 피식 웃으면서 한마디 보탰다.

"이번에 발령받아 가면 적당한 사람이 있는지 확인해 볼까?"

"아니, 매형까지 왜 그래요?"

"왜긴. 치워 버리려고 그러지."

"허허……."

매형인 박광석은 결국 판사가 되었다. 그리고 올해 발령을 받아서 출근을 기다리는 상황이었다.

그의 실력도 실력이고 그 뒤에 있는 노형진이라는 인물 때문인지 그는 서울에 발령받았고, 그 덕분에 일은 편하게 되었다.

"너도 네 나이를 생각해야지."

"누나 아직 20대야. 무슨 나이 마흔쯤 먹은 아줌마 같은 소리를 하고 있어?"

"애 낳으면 아줌마지."

"헐."

회귀 전에도 억척스러운 건 알고 있었지만 이런 면이 있다고는 생각도 못 한 노형진이었기 때문에 놀라운 한편 진땀도 흐르는 기분이었다.

"아직은 결혼 생각 없어."

"빨리 해라. 나중에 애 늦게 낳으면 좋을 거 없다."

"내 나이가 몇인데."

노형진은 그렇게 말하면서도 왠지 기분이 울컥했다.

'아, 씨바…… 눈물 날 것 같네.'

회귀 전 자신의 집안의 명절은 이렇게 행복하지 않았다.

이때쯤이면 누나는 집안에서 쫓겨나다시피 가서 들어오지도 않았고, 자신은 갓 군대를 제대한 군인이었던 시기일 테니까.

'미래도 그랬지.'

누나는 죽고, 아버지는 결혼하지 않는 노형진에게 결혼하라고 하기는 했지만 이렇게 반쯤 장난삼아 그런 게 아니라 혹시나 노형진이 자신들마저 죽고 나면 외로워질까 봐서 한 소리였다.

명절이라고 해도 웃음이라고는 한 점도 찾아볼 수 없었던 그때를 생각하니 눈물이 다 날 지경이었다.

"야, 벌써 눈물을 흘려? 결혼 갈굼은 이제부터 시작이야."

"누나는 과속한 주제에 그건 어떻게 그렇게 잘 알아?"

"내가 과속했으니까 잘 알지. 내가 못 겪어 본 거 동생을 배려하자는 의미에서 대신 갈궈 줘야지."

"그게 배려야? 배신이지."

깔깔거리면서 웃는 누나와 그런 엄마의 모습에 따라 웃는 조카를 보면서 노형진은 행복한 명절을 보내고 있었다.

⚖️

명절이 지나고 다들 회사로 돌아오자 노형진을 기다리고

있는 것은 엄청난 양의 빵이었다. 그게 얼마나 많은지 노형
진이 질려 버릴 정도였다.

"이게 내 거라고?"

"내 마음의 선물이야."

"마음의 선물이 아니라 내리 몇 끼 연속으로 빵만 먹어도
남을 것 같은데?"

"맛있어. 먹어 봐."

그 빵을 가지고 온 사람은 다름 아닌 손채림이었다.

그녀는 히죽거리면서 웃고 있지만 노형진은 빵의 양에 웃
을 상황이 아니었다.

"이건 너무 많지. 야, 이거 나눠 먹어야겠다. 회사 사람들
도 나눠 주고 그래."

"소용없을걸."

"아니, 왜?"

"다들 이만큼 줬거든."

노형진은 얼굴이 핼쑥해졌다.

도대체 무슨 빵을 이렇게 많이 가지고 왔단 말인가?

"너, 나 없는 사이에 빵 가게 열었냐?"

"아니."

"그럼 이 빵은 다 뭔데?"

"뇌물."

"뇌물?"

"응."

"아니, 세상에 무슨 뇌물을 빵으로 줘?"

손채림은 피식 웃으면서 노형진 자리의 앞에 있는 의자를 거꾸로 돌려서 등받이에 손을 올려서 턱을 괴고는 자리를 잡았다.

"빵 가게라서 뇌물이 빵이야."

"엉? 웬 빵 가게?"

"성익당이라고 알아?"

"성익당? 알지."

성익당은 지방에 있는 빵집으로, 질도 좋고 양도 많아서 제법 유명한 곳이다.

"거기 빵이야?"

그러고 보니 봉투마다 성익당이라는 이름이 다 쓰여 있었다.

"이렇게 많이 가지고 온 거야?"

그곳은 사람들이 많이 가서 하루 종일 문전성시를 이루는 것으로 유명한 곳이다. 이렇게 많이 남을 수가 없는 것이다.

"뇌물이라니까."

"장난하지 말고. 이렇게 빵이 많이 남을 리 없잖아? 아니면 빵집도 이제는 짝퉁이 있나?"

"짝퉁은 아니야. 재고랄까?"

"재고?"

"그래."

이것이 법이다

"웬 재고?"

"그곳에 재고가 이번에 좀 많이 남았어. 그런데 그걸 제발 사건 좀 해결해 달라고 나한테 맡기더라니까."

"아니, 그냥 의뢰하라고 하지."

무슨 차별을 하는 것도 아니고, 더군다나 성익당 규모의 빵집이면 돈이 없어서 사건을 못 맡긴다는 건 말도 안 된다.

"이야기했지."

"그런데?"

"어차피 재고니까 가지고 가래. 일단 의뢰하는 방법은 알려 줬으니까 의뢰하러 온다고 했어."

"음."

아무래도 맛집 투어를 하려고 한다더니 성익당에 갔다가 사건에 휘말린 모양이었다.

"도대체 무슨 일인데?"

"글쎄…… 뭐, 당황스러운 사건이기는 한데."

"당황스러운 사건?"

"그래. 아무래도 의뢰하면 우리한테 올 것 같아서 미리 이야기해 볼까 하고 온 거야."

"우리한테 온다고? 그렇게 까다로운 문제야?"

"그래."

"흠……."

노형진은 손채림의 말에 턱을 문지르면서 고민했다.

손채림도 슬슬 회사에 적응하면서 자신에게 넘어오는 사건의 규칙을 알고 있었다.

즉, 다른 변호사들이 해결하기 힘든 까다롭고 힘든 일들은 노형진의 팀으로 온다는 것을 말이다.

'그리고 성익당 사건도 그런 사건이라는 것이겠지.'

그렇다면 아마도 손채림의 예상이 맞을 것이다. 섣불리 그런 판단을 할 사람은 아니니까.

"뭔데?"

"업무방해라고 해야 하나."

"업무방해?"

"그래. 그런데 그게 참 애매해."

"업무방해라……. 자세하게 이야기해 봐."

"너도 알다시피 성익당은 유명한 빵집이잖아."

"그렇지."

성익당은 오로지 그 실력 하나로 이름을 날리는 유명한 빵집이다. 더군다나 서울이나 수도권도 아닌 지방에서 그렇게 유명한 것은, 상당한 실력이 있지 않고는 힘든 일이다.

"그런데 그 앞에 날파리가 꼬이나 봐."

"날파리?"

"그래."

"아니, 파리 문제를 우리가 어떻게 해결하라고? 우리가 방역 업체도 아니고."

"그런 파리가 아니고. 에이, 왜 그래? 알면서."

"아아."

장사가 잘되는 집에는 콩고물을 노리는 질 안 좋은 녀석들이 몰리기 마련이다. 그리고 성익당이 그 상황에 처했다는 뜻이리라.

"무슨 일인데?"

"노점상."

"노점상?"

"그래."

성익당은 장사가 잘된다. 그래서 가게 크기도 상당히 큰 편이다. 80평 정도니까 빵집치고는 상당한 크기를 자랑하는 셈이다.

하지만 아무래도 지방이라는 특성상 세가 그렇게 비싼 것은 아니다.

"문제는 말이야, 그 앞에 노점상들이 생기기 시작했다는 거야."

"노점상들이 생겼다고?"

"그래."

워낙 유명한 빵집이기는 하지만 모든 빵이 다 잘나가는 것은 아니다. 특출나게 잘나가는 몇 가지가 있기 마련이다.

그리고 사람들은 그걸 사기 위해 줄을 서는 것도 마다하지 않는다.

"그런데 그렇게 기다리는 사람들을 노리고 노점상이 생겼다네."

"그거야 흔하게 벌어지는 일이잖아?"

"그거야 그렇지. 문제는 그다음이야."

장사가 잘된다는 소문이 돌기 시작하자 노점상들이 한 집 두 집 생기기 시작했고, 성익당을 기준으로 길게 자리를 잡았다는 것이다. 심지어 성익당으로 들어오는 입구조차 반 토막이 나 버렸다.

"문제는 그게 환경에 안 좋다는 거지."

"환경만의 문제는 아닌 것 같은데?"

"맞아."

성익당의 사장도 나름 양보해서 모른 척했다고 한다.

자신들과 업종이 겹치는 것도 아니고, 힘들게 살아가는 사람들을 괴롭히고 싶지도 않았기 때문이다.

문제는 그런 그들의 행동이 과해지기 시작했다는 것.

"입구를 막고, 나중에는 어디서 도떼기로 공장 빵을 가져다가 팔더래."

"뭐?"

아무리 노점상이라고 해도 최소한의 상도덕이라는 것은 있다.

가령 자신의 주변에 자신을 배려해 주는 업체가 있는 경우 그 업체와 동일한 물건은 취급하는 게 아니다.

"그리고 한쪽에서는 성악당이니 성읽당이니 하는 이름의 가짜도 파는 모양이야."

"빵도 짝퉁이냐?"

"성익당에서 팔리는 선물 세트의 양이 적지 않으니까."

그리고 그건 그대로 성익당의 피해로 돌아왔다.

몇 번이나 하지 말라고, 최소한 동일한 상품을 취급하거나 짝퉁은 취급하지 말라고 했지만 노점상들은 들은 척도 하지 않았고, 화가 난 성익당 사장은 결국 구청에다가 민원을 넣었다. 그러자 구청 단속반이 나와서 대대적으로 노점 단속을 했다고 한다.

"성익당 사장으로서는 어쩔 수 없었겠지. 그 노점상들 때문에 주변 상인들이 피해를 크게 보니까."

"그렇겠지."

상생하면 좋은데 애석하게도 그 상생이라는 것은 생각보다 어려운 일이다.

"그런데 문제는 그 후에 전노협이라는 곳에서 나타나서 갑자기 자기들을 괴롭히더래."

"전노협?"

"전국노점상협의회."

"끄응……."

거기까지 들은 순간, 노형진은 머리를 부여잡았다.

"왜 그래?"

"아니, 말 안 해도 알 것 같아서."

그들은 노점상을 탄압한다면서 집요하게 성익당을 괴롭혔을 것이다. 들어가려는 손님을 위협하거나 문 앞에서 고래고래 소리를 지르거나 나오는 손님에게 욕설하거나…….

"어? 네가 그걸 어떻게 알아?"

'그거야 그들의 모습을 봤으니까 알지.'

물론 미래에 본 것이지만 말이다.

"완전 된통 걸렸네."

노형진이 기억하는 전노협은 말이 협의회지, 실상은 조폭이나 깡패 집단이다.

그들은 자신들이 약자라는 점을 이용하여, 자신에게 반대하거나 자신들의 이익에 방해가 되는 녀석들을 속칭 부르주아라 부르면서 사사건건 방해했다.

"그 녀석들, 말이 안 통하는데."

"그래서 우리한테 부탁하려고 하는 거야."

"이거 빼도 박도 못하고 내 사건이네."

"그 정도야?"

"야…… 법도 말이 통해야 하는 거지, 이 새끼들은 정말…….."

"헐?"

손채림은 노형진의 말에 깜짝 놀랐다.

노형진은 극도로 말을 조심하는 타입이다. 심지어 욕을 해도 계산하고 노리는 수가 있을 때 하는 게 노형진이다. 그런

데 그런 노형진이 아주 자연스럽게 '이 새끼'라는 욕설을 쓴
것이다.

"어떻게 아는데?"

"그냥…… 악연이 좀 있지."

"그래?"

"그래. 이 새끼들은 증말…… 대책이 안 서. 대화도 말이
통할 때 가능한 거지."

그들은 하나의 집단이나 마찬가지다. 그들은 자신이 약자
라는 점을 무기로 삼아서 진짜 약자들에게 깽판을 친다.

'아니지……. 그 녀석들은 약자도 아니야.'

진짜 약자라면, 그래서 저항할 힘조차 없다면 애초에 이런
짓거리를 하지도 못하고, 어떻게 해서든 자신들을 배려해 주
는 성익당 측과 공존할 방법을 찾으려고 했을 것이다.

"하여간 그 바람에 성익당이 피해가 큰 모양이야. 비양심
적인 가게라는 말도 나오고, 그렇게 판매를 방해하니까 빵도
안 팔리고. 이렇게 빵이 많은 것도 그것 때문이야. 명절이니
까 손님들이 많을 걸 대비해 넉넉하게 만들었는데 팔려야 말
이지."

"팔릴 리가 있나."

그 녀석들은 집요하다. 절대 쉽게 놓아주지 않는다.

그들의 방해 때문에 회귀 전 결국 의뢰인 한 명이 가게를
접고 그만둬야 했다.

"그 녀석들이 끼면 악순환이라고."

상권이라는 것은 노점상이 아닌 제대로 된 건물에 있는 점포들로 완성된다.

그런데 그렇게 상권이 좋아지면 노점상들이 슬금슬금 들어오기 시작한다.

그것까지는 좋다.

하지만 어느 순간 길을 노점상이 막고 노점상만 빼곡하게 보이는 현상이 발생한다.

그리고 당연히 세금 다 내고 영업하는 상인들은 그들 때문에 방해받기 시작한다.

"결국 여기부터 악순환이지."

그들은 구청에 민원을 제기한다. 극단적으로 늘어나는 포장마차로 인해 통행도 불편해지고 상권도 몰락하기 때문이다.

그러고 나면 그때부터는 전쟁이다.

"그렇게 한번 단속당한 노점상들은 조직적으로 대항하기 시작해. 그 단체가 바로 전노협, 전국노점상협의회야."

"헐, 그런 건 몰랐네."

"그렇지?"

그걸 해결하는 방법은 두 가지뿐이다.

첫 번째가, 구청장이나 시장이 미쳐서 날뛰는 것. 표고 뭐고 바라지도 않고 싹 쓸어버리는 것.

두 번째는 가장 좋은 방법인 상생의 과정으로 정해진 자리에서 정해진 방식으로 노점상 영업을 하는 것.

"그런데 첫 번째는 안 쓰지. 보통 극단적인 대립이 되고, 언론에 나가면 여론이 안 좋아지니까. 너도 많이 봤지? 떡볶이 파는 아줌마들이 노점상 뒤집혔다고 울고불고하는 거."

"응."

"그런 게 언론에 나가면 어찌 되었건 국민들은 안 좋게 보거든. 당연히 표를 의식하는 정치인으로서는 꺼리지."

"두 번째가 있잖아?"

"그런데 두 번째는 정작 노점상들이 거부해."

"왜?"

"자리 없으니까."

일반적으로 노점상은 그냥 자기 자리를 잡으면 땡이다.

하지만 두 번째 방식은 허가를 받아야 하며 당연히 세금도 내야 한다. 또한 도시의 미관도 감안해야 하기 때문에 기존 노점상 중에서 잘해야 4분의 1 정도만 자리를 얻을 수 있다.

"결국 그렇게 싸우다 보면 손님들도 안 오게 되지. 그리고 그렇게 상권은 몰락하고 말이야."

"흠……."

손채림은 노형진이 그쪽으로 생각보다 잘 알고 있자 놀랐다는 얼굴이었다.

그쪽으로는 경험이 전혀 없는 걸로 알고 있었기 때문이다.

"하여간 이런 일을 주동하는 것이 바로 전국노점상협의회야."

"그냥 적당히 설득해서 양보시키면 안 되나? 그렇잖아? 서로 좋자고 하는 건데."

"그게 문제야."

노형진은 얼굴을 찡그렸다.

"노점상 쪽은 절대 양보할 생각 안 해."

"아니, 왜? 조금씩만 양보하면 다 같이 살 수 있는데?"

"전노협 소속의 노점상들은 대부분 기업형 노점상이거든."

"기업형 노점상?"

"그래. 사람들은 잘 모르겠지만, 노점상에는 두 종류가 있어."

사람들은 노점상이라고 하면 그게 그거라고 생각하지만 엄밀하게 말하면 전혀 다르다.

개인 노점상들의 경우는 민원을 넣으면 저항할 방법이 없기 때문에 조심하는 편이고, 민원을 넣을 수 있는 사람들에게 피해를 주지 않으려고 한다.

그래서 그렇게 개인 노점상들이 들어오는 곳들은 그다지 크게 문제가 되지 않는다.

"문제는 기업형 노점상들이야."

"기업형 노점상들이라니?"

"과거로 표현하자면 깡패나 조폭이지."

과거에는 조폭들이 동네 노점상들에게서 '보호비'라는 명목으로 돈을 뜯어냈다.

하지만 그건 경찰에 신고되면 불법이고 또한 단속당할 가능성도 높기 때문에 요즘은 안 쓴다.

"그 대신에 다른 방법을 쓰지. 바로 자릿세."

일단 자리를 선점한 후에 자기네 가게를 열거나 그 자리를 다른 사람에게 돈을 받고 빌려주는 것이다. 그리고 그런 식으로 수십수백 개의 노점상을 운영하면서 세금은 단 한 푼도 내지 않는다.

"실질적으로 그 돈은 폭력 조직의 운영 자금이 되고 말이야."

"그게 차이가 뭔데?"

"전혀 다르지."

전자는 명백하게 불법이며, 경찰에 신고하는 경우 경찰이 조폭을 수사할 수 있는 단초가 된다.

그런데 후자의 경우 노점상을 운영하는 주체가 조폭이든 그들에게 돈을 주고 빌린 사람이든 결국은 공범이라는 소리가 된다.

"다른 사람들이 그냥 들어가면 안 돼?"

"그냥 두겠냐?"

그들은 조폭이다. 절대 자기 자리에 일반인이 들어오게 두지 않는다.

협박과 폭행은 기본이며, 또한 매일 밤 행패를 부린다.

"그래도 안 나가면 주변에 자기네 조직 노점상을 철수시키고 바로 구청에 신고하지. 그러면 구청은 강제로 철수시키는 수밖에 없어. 자기들은 전혀 경찰의 추적을 받지 않으면서 깨끗하게 털어 버리는 거지."

"헐."

손채림은 자신이 몰랐던 노점상의 실체에 대해 들으면서 놀랍다는 표정이 되었다.

"노점상이 불쌍하다? 그건 반만 맞아. 일반적으로 상권이 그저 그런 곳이거나 애들 대상으로 푼돈을 버는 곳은, 그래, 진짜 불쌍한 사람들이 하는 곳이야. 하지만 역 앞이나 진짜 자리 좋은 상권에 있는 노점상들은 거의 100% 조폭들이 쥐고 있는 기업형 노점상이라고 봐도 무방해."

"헐."

"그리고 전노협이 끼어들었다면 100%지."

생각해 보면 단순한 일이다.

진짜 힘이 없는 사람들은 저항하기보다는 타협하려고 한다. 하지만 저항하면서 상대방을 꺾으려고 한다는 것은 자신이 그들보다 훨씬 힘을 가지고 있다는 것을 알 때 가능한 행동이다.

"그럼?"

"그래, 이번 사건도 결국은 조폭이 끼어든 거야."

"아니, 그 전노협이라는 조직이 그렇게 크다고?"

"일종의 조폭 연합체로 보면 편해."

물론 실제 노점상들의 조직이 따로 있기는 하다. 그 조직은 개인 노점상을 기준으로 삼아서 개개인이 가입되었다.

"하지만 그들은 힘이 없지."

그들은 개개인이 뭉친 것이기 때문에 돈이 없다.

돈이 없다는 것은, 현대에 와서는 힘이 없다는 소리와 마찬가지다.

"그럼 너도 방법이 없는 거야?"

"하게 된다면 찾아봐야지. 하지만 쉽지는 않을 거야."

그들은 법 내부에서만 싸우는 것도, 그렇다고 위법만으로 싸우는 것도 아니다. 그들은 그 모든 것을 적절하게 사용하면서 자신들의 자리를 유지하려고 한다. 그건 결코 쉬운 싸움이 아니다.

'이거, 일이 골치 아프겠는데.'

노형진은 이번 사건 역시 쉽지 않을 거라는 걸 직감하고 있었다.

"역시 그렇군요."

며칠 뒤 정식으로 일이 들어왔고, 노형진과 손채림의 예상대로 사건은 노형진의 팀으로 배정되었다. 딱 봐도 사건 자체가 너무나 복잡했기 때문이다.

"알고 계셨습니까?"

"손채림 양에게서 대충 상황은 들었습니다."

사건 자체는 노형진의 예상에서 크게 벗어나지 않았다.

그들은 성익당을 천하의 후레자식으로 만들면서 먹고살기 힘든 노점상들을 탄압한다고 거품을 물고 있었다.

'지랄을 한다.'

노형진은 증거용으로 성익당의 사장 조만복이 찍어 온 영상을 보면서 머리를 절레절레 흔들었다.

"손님들이 오지도 못하게 하니까 돌아 버리겠습니다."

"그럴 겁니다."

"아니, 도대체 왜 이러는 겁니까?"

"간단하죠. 본을 보이려는 겁니다."

"본?"

"네, 성익당을 망하게 해서 주변 상인들이 찍소리 못 하게 하려고 하는 거지요. 상권을 집어삼키기 위해서요."

만일 성익당이 그들을 몰아내려고 하다가 망하면 누가 그들에게 저항하겠는가? 당연히 저항은커녕 찍소리도 하지 못할 것이다.

그럼 그들은 그 지역의 상권을 통째로 집어삼킬 수 있게 된다.

"과거에는 주먹과 폭력으로 상권을 빼앗았죠. 하지만 요즘은 그런 짓을 하면 경찰이 가만있지 않으니까 직접적으로 그런 방식을 쓰지는 못합니다. 그래서 다른 방식을 쓰는 거죠."

바로 상권 내부에서 누구 하나 망하게 만드는 것.

"시범적으로 하나 망하면 누구도 찍소리 못 하니까요."

"하지만…… 이게 제 자랑같이 들릴지도 모르지만, 그 상권은 우리 가게로 인해 만들어진 겁니다."

성익당의 빵을 사기 위해서 온 사람들이 다른 가게에 가서 쇼핑하고 물건을 사고 밥을 먹으면서 만들어진 곳이 바로 그 상권이다. 그런데 그런 곳에서 자신들을 쫓아낸다?

"우리를 쫓아내면 상권이 몰락할 텐데요?"

"그들에게는 상관없습니다."

"상관없다고요?"

"네. 만일 그럴 것 같으면 그 자리를 권리금을 비싸게 받고 팔면 그만입니다."

"아니, 그 자리에 무슨 권리금이 있습니까? 그냥 도로인데요."

"그러니까 웃긴 거죠."

권리금이라는 것은 자신이 그 자리에 대한 권리를 가지고 있을 때나 말이 되는 것이다. 하지만 그 자리는 법적으로 아무런 권한도 없는 자리다.

"하지만 대부분의 노점을 운영하는 사람들은 그런 법적인 문제에 무지합니다. 그러니 이런 사기에 많이 당하지요."

결국 권리금을 받고 들어가면 상권은 이미 몰락 단계인 것이다. 그리고 그동안 자리를 잡고 있던 기업형 조폭들이 빠져나가면 구청에서는 가차 없이 노점상 정리를 시작한다.

"결국 그들의 행동은 없는 사람들을 등쳐 먹기 위한 전략입니다."

"그런⋯⋯."

"그들의 행동을 표현하자면, 그들은 현대의 경제적 화전
민 같은 자들입니다. 한 지역의 경제력을 빨아먹고 다른 곳
으로 이주하는 거죠."

당연히 그런 지역은 상권이 작살난다.

멀쩡한 가게들은 저들의 등쌀에 모조리 문을 닫고 남은 거
라고는 노점상들뿐인데 누가 거기에 오겠는가?

"하지만 그들은 떠나면 그만이죠."

그들은 이곳을 버리고 떠나면 된다. 권리금도, 가겟세도
없는 평범한 노점상이니까. 그들에게는 소속감도, 책임감도
없다.

"어떻게⋯⋯ 그런⋯⋯."

"그러니까 문제인 겁니다."

최소한 개인 노점상들은 부분적으로 책임감은 있다. 여기
가 망하면 자신도 떠나야 하는데 그렇다고 다른 곳에 자리를
잡을 수 있다는 보증 따위는 없으니까.

'하지만 기업형 노점상들은 전혀 아니지.'

그들은 자기 집단의 힘과 권력을 믿고 있다. 그리고 다른
곳에 가면 그만이라는 생각을 가지고 있다.

그런 만큼 그들은 지역에 하등 도움이 되지 않는다.

"그러니까 그들은 사장님이 망하든 말든 신경도 안 쓸 겁

니다."

노형진은 차가운 말이라는 걸 알고 있지만 잘될 거라는 말을 해 줄 수가 없었다.

'다른 사건은 몰라도 이들은 그게 안 통하는 집단이야.'

이들은 자신의 이득을 위해 필요하다면 폭력과 불법까지도 동원하는 집단이다. 그러니 법적으로 한정된 힘을 써야 하는 일반인들에게는 상대하기 까다롭다.

'성화와도 다르고.'

성화와 같은 양지에 나온 형태의 기업은 어찌 되었건 표면적으로라도 합법적인 선에서 움직여야 한다. 비공식적으로 불법으로 움직일 수는 있어도, 절대로 걸리지 않게 조심해야 한다. 그러지 않으면 역풍을 맞으니까.

하지만 이들은 아니다.

애초에 노점상도 불법이고 저들이 기업형 노점상을 운영하는 것도 폭력 조직의 자금을 유통하기 위한 목적인 만큼, 저들은 불법적인 것을 꺼리지도 않고 굳이 감추려고 하지도 않는다.

'애초에 지금 저들이 하는 짓거리가 업무방해니까.'

그러나 그냥 벌금 몇십만 원 내고 말겠다는 게 그들의 행동이다.

누군가 행동하다가 걸리면 벌금 몇십만 원 내고 다른 사람이 가서 또 그 짓거리를 하면 그만인 것이다.

"그러면 어떻게 하라는 겁니까……? 우리는 그냥 이대로 망하라는 건가요?"

조만복은 절망적으로 말했다.

"그건 아닙니다. 하지만 이건 확실하죠. 합법적인 방법만 쓰면 절대로 이길 수 있는 집단이 아니라는 거."

그리고 합법적인 수단만 생각하는 다른 변호사들은 절대로 이들을 이길 수 없다.

'내가 그렇게 당했지.'

노형진은 회귀 전 있었던 일을 생각하면서 확실하게 마음먹었다.

그때와 지금과 다른 것.

노형진이 좀 더 넓은 통찰력을 가지게 되었다는 것도 있지만, 다른 한편으로는 꼭 필요하고 남에게 피해를 주지 않는다면 불법도 불사한다는 것 또한 있었다.

"이 사건, 제가 해결하지요."

그렇게 노형진은 조폭들과의 싸움에 끼어들었다.

⚖

"조폭이라니, 위험한 거 아닌가?"

"위험하기는 하지요. 하지만 변호사 노릇을 하다 보면 한 번은 부딪칠 수밖에 없습니다."

이것이 법이다

송정한은 우려 섞인 표정으로 노형진을 바라보았다.

그도 기업형 노점상들이 뒤에 조폭들을 끼고 있다는 것을 알고 있었다.

"그건 알고 있네만."

마음 같아서는 그 녀석들과 엮이고 싶지 않은 것이 사실이다. 그들은 결코 바른길만 가는 녀석들이 아니니까.

"그래서 우리가 경호 팀을 만든 거 아닙니까?"

"그렇기는 하지만 스물네 시간 경호 팀이 붙어 있을 수는 없지 않은가?"

"그건 그렇지요."

"그러니까 걱정인 걸세."

"하지만 그렇다고 해도 물러나서는 안 됩니다. 요즘 사람들이 뭐라고 하는지 아십니까?"

"뭐라고 하는데?"

"법보다 주먹이라고 합니다."

"끄응…… 부정은 못 하겠군."

어차피 법에 하소연해 봐야 법은 지켜 주지 않는다.

물론 공권력에 대항한다거나, 또는 가진 사람들은 눈에 불을 켜고 도와준다. 그러나 진짜 억울한 사람들의 사건은 제대로 들어 보지도 않고 제대로 지켜 주지도 않는다.

"그러다 보니 사람들은 법보다 주먹이라고 하지요."

가령 누군가에게 맞았다고 치자. 그걸 경찰에 신고하면 어떤 일이 벌어질까?

우리나라의 기준에 따르면 99.99%의 확률로 쌍방 폭행으로 피해자 역시 전과자가 된다.

일단 우리나라는 정당방위를 거의 인정하지 않기 때문에 맞지 않기 위해 상대방을 밀어 내기만 해도 폭행으로 인정하며, 또한 상대방 역시 자신의 죄를 줄이기 위해 피해자가 때렸다고 말한다.

따라서 그 억울함을 줄이기 위해서는 맞아서 죽어 주든가 아니면 카메라 같은 것이 있는 곳에서 맞아 주는 수밖에 없다.

"하지만 주먹은 빠르지요."

적당한 돈만 쥐여 주면 사람을 패서 반병신을 만드는 것도 가능하고, 무엇보다 그들은 그 흔적을 남기지 않는 데 익숙하다. 그리고 경찰들의 무능은 그런 자들이 더욱 활개 치고 다니게 만든다.

"결과적으로 사람들은 법보다 주먹이라는 말을 믿게 됩니다. 그걸 바꿔야 합니다."

법이 지켜 준다는, 법은 누구에게나 공평하다는 인식을 심어 주지 않는다면 사람들은 점차 법을 믿지 않을 테고, 그럴수록 세상은 무법천지가 되어 갈 것이다.

"그건 나도 알고 있네만……."

송정한은 우려 섞인 말로 노형진을 말리려고 했다.

"그건 경찰이나 검찰이 해야 할 일 아닌가?"

"경찰이나 검찰이 그런 일을 할 것 같습니까?"

"하아."

송정한은 아무런 말도 할 수가 없었다.

자신이 변호사이고 수십 년간 그들과 부대꼈지만 그들은 일반 서민들을 위해 정의를 지킨다는 생각은 없다고 봐도 무방했기 때문이다.

그들의 사명감은, 나는 공무원이고 일단 일하는 척은 해야 하니 사건 몇 개 해결하면서 생색만 내자는 딱 그 정도다.

"그리고 애초에 변호사가 왜 생겼는지 아시지 않습니까?"

"그렇지……."

변호사라는 직업이 생긴 이유.

그 근본적인 이유는 썩어 빠진 사법제도에서 피해자를 보호하기 위해서다.

과거에는 사건이 발생하면 범인을 찾는 게 아니라 범인을 만드는 일이 비일비재했고, 지금까지도 그런 일이 벌어지고 있다.

사회적으로 지탄받는 일이 생기면 힘들게 범인을 찾기보다는 적당한 사람을 잡아다가 고문하고 두들겨 패서 범인을 만드는 것이다.

그리고 그런 사람들을 보호하기 위해 존재하는 것이 바로 변호사다.

'뭐, 현실은 시궁창이지만.'

물론 그건 말 그대로 이상일 뿐이고, 현실은 가진 자를 위해 일하는 게 변호사들인 경우가 대부분이지만.

"최소한 누군가는 올바른 소리를 해야 하지 않겠습니까?"

"그거야 그렇지만……."

송정한은 말리려다가 결국은 포기할 수밖에 없었다.

노형진이 물러나지 않을 거라는 것은 누구보다 더 잘 알고 있으니까.

"그러면 이번에는 김성식 변호사와 함께 일하게."

"김 변호사님과요?"

"최소한 검사 출신, 그것도 중수부 출신이랑 같이 일하면 그쪽에서도 눈치를 볼지도 모르지 않나?"

"그건 그렇지요."

저들이 아무리 조폭이라고 해도 중수부 부장 출신을 건드리는 것은 부담스러울 수밖에 없다.

그럴 수밖에 없는 게, 대부분의 검사는 결국 언젠가 나와서 변호사를 해야 하기 때문이다.

그런데 그런 검사, 그것도 중수부 부장까지 했던 사람에게 위해가 간다면 검사들 역시 위험을 겪고 싶지 않을 테니 그 조직을 말 그대로 발본색원해서 씨를 말리려고 할 것이다.

한번 본을 보이면 누구도 다시는 못 건드리니까.

"하지만 워낙 막나가는 놈들이라……."

노형진은 그렇게 말하면서 우려를 감출 수가 없었다.

"심하군."

김성식은 노형진과 함께 현장에 왔다. 그리고 얼굴을 찌푸렸다.

"이건 대놓고 망하게 하겠다는 소리인데?"

성익당 바로 앞에 천막을 치고 농성하는 서너 명의 사람들.

그런데 그들은 농성하는 게 아니라 그냥 자고 있었다.

"저들의 목적은 간단합니다. 손님만 못 가게 하려는 거죠, 진짜로 억울한 게 아니라. 생각을 해 보세요. 진짜로 하루 벌어서 하루 먹고사는 노점상인들이 저렇게 텐트까지 쳐 가면서 시위할 것 같습니까? 상대방이 기업이나 국가처럼 자신들을 말살할 수 있는 사람도 아닌데?"

상대방이 거대 기업이나 국가라면 이렇게 죽나 저렇게 죽나 죽는 건 마찬가지라고 다 포기하고 농성할 수 있다.

하지만 상대방은 그냥 소상공인일 뿐이다.

크다고 하지만 결국은 빵 가게 하나일 뿐인데 거기에다 대고 저렇게 시위한다?

"그럴 리 없지."

진짜 노점상 주인이라면 그게 가능할 리 없다.

"하지만 저게 그런 목적인지 어떻게 알아?"

"잠깐 기다려 봐."

노형진은 물어보는 손채림에게 기다리라고 말했다.

잠시 후 가게 쪽으로 다가가는 한 무리의 사람들이 보였다. 보아하니 가족 단위로 여행 온 사람들인 것 같았다.

그들이 접근하는 듯하자 누워 있던 놈들이 갑자기 벌떡 일어나서는 소리를 고래고래 지르기 시작했다.

"이 망할 놈들아!"

"같이 먹고살자!"

"꺼져라."

"서민을 탄압하는 성익당은 반성하라!"

갑자기 일어나서 소리를 지르자 움찔하는 사람들.

그들은 그것만으로도 부족한지, 가게로 접근하던 사람들에게 달라붙어서는 강제로 그들의 손에 프린트된 종이를 쥐여 줬다.

그 종이에는 뒤집힌 떡볶이 노점상의 모습과 절망한 채 울부짖고 있는 한 아줌마의 모습이 인쇄되어 있었다.

"저 빵집이 어떤 놈들인지 아십니까? 이런 짓거리를 태연하게 하는 놈들이란 말입니다!"

게거품을 물면서 마구 뭐라고 하자 옆에 있던 아이는 위협을 느꼈는지 울음을 터트렸고, 부모들은 얼굴을 찌푸리면서 그들에게서 멀어져 갔다. 당연히 빵 가게로 가는 것은 포기해야만 했다.

"저, 저……."

이것이 법이다

"저런 게 수법이지."

노형진은 어깨를 으쓱했다.

"그리고 저런 일은 애초에 있지도 않았고."

이 근처에는 분식집도 없었다. 당연히 성익당이 떡볶이 노점상을 단속해 달라고 할 이유도 없다.

애초에 업종 자체가 겹치지 않는 것이다.

"그런데 왜?"

"나쁜 놈을 만들어야 하니까. 저건 벌써 6년 전에 일어난 사건이야."

노형진도 기억하는 사건이다.

하지만 각도도 그렇고 서민들의 힘든 삶을 잘 표현한 사건이라고 해서 저 녀석들이 자꾸 쓰는 것이다, 진짜 서민들의 삶은 이해도 못 하는 놈들이.

"이런 식으로 하면 누구도 저 가게에는 가지 않지."

"그럼 어쩌지?"

손채림은 그들의 행동에 눈살을 찌푸리면서 물었다.

진짜로 그렇게 억울하거나 절박하다면 사람이 보든 말든 움직여야 한다.

하지만 가족 손님들이 멀어지고 나자 그들은 다시 미리 쳐둔 천막 안으로 들어가서 낮잠을 자기 시작했다.

"저 녀석이 여기서 영업을 하는 녀석들은 아닌 것 같네."

그렇다면 주변에 쉬는 포장마차가 있어야 하는데 자리마

다 여지없이 영업 중인 포장마차만 가득했다.

심지어 뻔뻔하게 가게 입구 쪽에다가 포장마차를 설치한 녀석도 있었다.

"어쩌긴."

노형진은 회귀 전의 실수를 다시 한 번 하고 싶은 생각이 없었다.

"쳐 내야지. 가끔은 법이 무서운 것도 알려 줘야지."

이번에는 철퇴를 무자비하게 내리칠 생각이었다.

진보의 함정

　노형진이 가장 먼저 시작한 것은 구청에 연락해서 철거 팀을 불러 강제로 끌어내는 것이었다.

　물론 철거라고 해서 강제로 다 부술 수는 없다. 일단 사유재산이기 때문이다. 현행법상 그렇게 강제 철거된 노점상은 일단 압류했다가 과태료를 내면 돌려주도록 되어 있다.

　"이거 먹힐까요?"

　"먹힐 겁니다. 어찌 되었건 구청장은 민원이 들어오면 움직여야 하는데 그러지 않았던 거니까요."

　과태료는 30만 원 선이지만 매달 단속을 하지는 않는다.

　그때를 잘 피해서 영업을 하면 되고, 설령 운 나쁘게 단속을 당한다 해도 그 돈은 벌고도 남기 때문에 이런 기업형 노점상이 버티는 것이다.

"하지만 매일같이 끌려가면 이야기가 달라지지요."

과태료는 1회당 내는 것이다.

어제 끌려갔어도, 오늘 찾아와서 내일 다시 영업하면 또 끌고 가면 되는 것이다.

"하지만 그런 식으로 단속하는 곳은 없지 않나?"

김성식 변호사는 고개를 갸웃했다.

그런 식으로 하면 확실히 이런 기업형 노점상들을 제압할 수 있을 것이다. 그러나 어디에서도 그렇게 하는 곳은 없다.

"민원 때문이죠."

"민원?"

"네. 그렇게 한번 하고 나면 그걸 하는 사람들이 구청에 가서 온갖 깽판을 다 치거든요."

개인적으로 노점상을 하는 사람들은 다시 한 번 그런 일이 생길까 봐 알아서 다른 곳으로 가든가, 아니면 같은 곳에서 다시 한다 해도 최대한 숨을 죽인 채 살아간다.

항의를 한다고 해도 단편적이지 집요할 수가 없다. 그들도 먹고살아야 하니까.

"그런데 어떻게 하려고?"

"뭐, 간단하죠. 일단 때려잡으면서 시작합시다."

노형진은 관련 공무원들을 모조리 고발하는 것으로 일을 시작했다.

매일같이 찾아가고 고발했지만, 그들은 섣불리 움직이지 않았다. 원래 사람을 보내서 철거해야 하는데 철거할 생각은 커녕 경고장 하나 보내지 않았던 것이다.

물론 그들도 억울할 만했다.

"제발 조금만 양보를 하면서 해 주세요."

"저쪽에서 양보를 안 하는데 왜 우리만 양보를 해야 합니까?"

"다 서로서로 먹고살자고 하는 건데……."

"서로서로 먹고사는 게 아니라 저쪽에서 우리 피를 빨아먹는 거 안 보입니까?"

"그건…… 개인 간 사정이고."

"개인 간 사정이면 정부에서는 신경도 안 씁니까? 저들이 우리 방해하는 거 안 보여요? 더군다나 저들은 불법적으로 우리 손님들을 협박하고 허위 사실을 유포하고 있는데?"

"그건 아무래도 우리가 끼어들기가……."

공무원들은 복지부동의 전형을 보여 주고 있었다.

사실 그들 입장에서는 또 그럴 수밖에 없는 일이기도 하다. 지금이야 타깃이 성익당이지만 자신이 나서서 저들을 제지하려고 하면 표적이 자기가 된다는 걸 알기 때문이다.

'쯧쯧, 멍청하긴.'

노형진은 그런 공무원을 보면서 혀를 끌끌 찼다.

'그게 저 녀석들이 노리는 거다.'

저들 역시 공무원의 복지부동 성향을 모르는 게 아니다.

구설수에 오르는 걸 절대적으로 싫어하며, 또한 불이익을 당할 것 같으면 바로 발을 뺀다.

공무원 조직은 일이 잘못되면 위해 해결을 해 주는 게 아니라 위에서 아랫사람에게 책임을 뒤집어씌운다. 그러니 저들로서는 구설수에 오르는 걸 두려워하는 것이다.

'그런데 그래서 함정에 빠지는 셈이지.'

노형진도 알고 있다.

그걸 알기에 저들은 공무원이 끼어들면 최우선적으로 공무원을 공격한다. 그리고 공무원 입장에서는 그게 무척이나 싫다.

'웃긴 일이지.'

그들이 그렇게 할 수 있는 건 어차피 여기를 떠날 놈들이기 때문이다.

이곳에 터를 잡고 영업을 하는 상인들은 그다지 척을 지려고 하지 않는다. 그러니 공무원에게 어지간하면 불만을 토로하지 않는다.

하지만 어차피 떠날 놈들이니 그들은 막무가내로 항의하는 것이다. 사실상 공무원들은 그들에게 저항할 의사가 없으니까.

'쯧쯧.'

저항할 방법이 없는 게 아니다. 현행법상 수많은 법들이 공무원들을 보호한다.

"그렇게 말씀하신다면야."

노형진이 물러나려는 듯한 모습을 보이자 얼굴에 화색이

도는 공무원. 그러나 노형진은 물러나는 게 아니었다.

"당신에 대한 민원을 넣는 게 좋겠군요. 어디 보자…… 내가 넣을 수 있는 수준의 최고 민원이 어딜까요? 장관님은 무리일 것 같고…… 차관님한테는 가능할 것 같긴 한데."

"네? 자, 잠깐만요!"

질색팔색을 하면서 펄쩍 뛰는 공무원.

그럴 수밖에 없는 게, 공무원이나 군대나 똑같은 것 중의 하나가 위에서부터 깨고 내려오는 건 자신에게 엄청나게 손해라는 것이다.

차관이 '그 사람, 일 안 한다며?'라고 물어보면, 여기 도착할 때쯤이면 공인된 세금 도둑이다. 아니, 내려오기도 전에 이미 그에 대한 내부감사는 시작되었을 것이다.

"꼭 그렇게까지 하셔야겠습니까?"

"아니, 시민들의 민원은 귀찮아서 해결 안 하고 어디서 온지 모를 뜨내기들을 편들어 주는 사람을 공공의 자리에 그냥둘 수는 없지 않습니까? 공무원이라는 게 뭔데요? 공공의 이익을 위해 일하는 사람 아닌가요?"

노형진이 히죽거리면서 말하자 공무원은 다리를 와들와들 떨었다.

'그래, 그렇지. 원래 공무원이란 족속은 자기한테 불이익이 올 것 같아야 일을 하지.'

공무원을 우리 쪽에서 일하게 하는 방법은 별거 없다. 뇌물을 주든가, 아니면 저쪽보다 더 큰 불이익을 주는 것이다.

물론 지금 노형진이 뇌물을 줘도 된다. 하지만 이 사건에서 뇌물을 주면 이런 일이 있을 때마다 뇌물을 요구할 텐데, 그때는 노형진이 없을 테니 대책이 안 선다.

'그럴 때는 불이익을 주는 게 정답이지.'

명백하게 시민권을 가진 사람은 성익당과 그 주변 상인이고, 그들은 공무원의 행동으로 인해 사실상 불이익을 받고 있다.

그에 반해 저쪽에서 하는 행동은 불법이며 또한 범죄이다.

이쪽 편을 들어 주면 그들이 항의해도 결국 귀찮음 정도의 불이익이다. 어찌 되었건 그는 법률 안에서 행동한 것이니까.

하지만 저쪽 편을 들어 주면 불법 집단을 옹호한 것이기 때문에 실제로 불이익의 강도가 상당히 달라진다.

"하겠습니다."

결국 고개를 푹 숙이고 항복하는 공무원.

"바로 철거 팀을 보내죠."

"그러셔야지요."

결국 작은 불이익과 큰 불이익 중에서, 공무원은 큰 불이익을 회피할 수밖에 없었다.

⚖️

"반갑습니다. 노형진입니다."

노형진은 눈앞에 있는 사람을 보면서 최대한 선한 얼굴을 하고 있었다.

"연락드렸다시피 변호사입니다."

"그런데요?"

변호사라는 말에 떡볶이를 팔던 아주머니는 경계의 눈초리로 노형진을 바라보았다.

"변호사가 웬일이래요?"

아무래도 아주머니의 입장에서는 노점상을 하다 보니 여러모로 주눅이 드는 게 현실이다. 더군다나 주변에서 소송을 하거나 하면 자신은 대항할 돈도 없다.

"아, 긴장하지 마세요. 피해를 드리려고 하는 게 아닙니다. 도리어 이득을 드리려고 하는 거지요."

"이득?"

"네. 혹시 돈 벌어 보실 생각 없습니까?"

"그럴 생각이야 왜 없겠어요."

돈이 있으면 이런 일 하고 싶지도 않다.

하루 종일 서서 떡볶이를 팔아도 한 달 150 벌기도 힘든 게 현실이다.

물론 자리 좋은 곳에 가서 팔면 몇백만 원씩 벌 수도 있지만, 그곳은 기업형 업자들이 자리를 잡고 있어서 들어가면 공격당한다. 노점상을 뒤집어엎는 것은 기본이고, 집기를 부수거나 심한 경우 린치를 가하기도 한다.

"사실은 이 사진 때문에 온 겁니다."

노형진은 한 장의 종이를 내밀었고, 그 사진을 본 아줌마는 얼굴이 일그러졌다.

"이건……."

몇 년 전 자신의 모습이 찍혀 있는 사진이었다.

처음 떡볶이 노점상을 시작했을 때 멋모르고 그들의 구역에 노점상을 열었는데 구청에서는 그녀의 노점상을 부수고 떡볶이를 내팽개치고 모조리 가지고 갔다.

남편이 죽은 후 먹고살기 위해서 한 일이 그렇게 핍박받자 그때 그녀는 죽을 만큼 힘들었다.

지금이야 마음씨 좋은 이웃이 근처 자리를 내줘서 굶어 죽지는 않을 만큼 벌지만 말이다.

"아주머니가 과거에 찍혔던 사진이지요."

"이게 왜……."

그녀는 당황했다. 이 사진이 시중에 아직도 돌고 있다는 사실은 몰랐기 때문이다.

"몇몇 사람들이 이 사진을 자신들이 유리한 일을 하는 데 써먹고 있습니다."

"유리한 일?"

"네. 자신들이 가난한 서민이라고 하면서, 아주머님의 사진을 도용해서 주변에서 탄압한다고 하는 거죠."

"그런데요?"

그런 사람이 자신의 사진을 쓰는 거라면 자신도 뭐라고 하기 미안했다.

본인도 없어서 고생해 봤기 때문에, 그런 사람들에게 뭔가 하고 싶지 않았던 것이다.

"하지만 그들은 약자가 아닙니다."

"약자가 아니라구요?"

"네, 기업형 노점상들이죠. 아실 겁니다."

아주머니는 화가 머리끝까지 나는 것 같았다.

처음 먹고살기 위해 이 떡볶이 노점상을 시작했을 때 자신에게 집단 린치를 가한 게 그놈들이었다. 그놈들 때문에 없는 살림에 무려 1개월이나 병원 신세를 져야 했다.

경찰에 신고했지만, 경찰은 범인을 특정할 수 없다면서 미제 사건으로 넘겨 버렸다.

"그들이 아주머니 사진을 사람들을 협박하는 데 쓰고 있습니다."

"협박?"

"잠깐 이걸 봐 주십시오."

노형진은 그녀에게 미리 찍어 둔 영상을 보여 줬다.

영상에 나오는 그들의 행동을 보고 아주머니는 기가 막혔다.

말이 시위지, 누군가 빵집에 접근하면 고래고래 소리를 지르며 겁박하고 있었다. 그리고 그때마다 자신이 사진이 인쇄되어 있는 종이를 나눠 줬고, 종이는 사정없이 구겨져서 바닥을 나뒹굴었다.

"이게 무슨……."

"아주머니를 희생양으로 삼는 거죠."

흔하게 쓰는 방식이다. 누군가 희생양을 삼아서 자신들은 불쌍한 사람이라고 주장하는 것.

문제는 그 과정에 그 당사자의 의견은 전혀 반영되지 않는다는 것이다.

"난…… 몰랐습니다……."

"알 수가 없죠. 이런 걸 쉽게 접하실 수가 없을 테니까요."

이런 게 언론에 나가는 것도 아니고, 그렇다고 노점상에서 일하는 사람들이 인터넷에 통달한 것도 아니다.

일반적으로 노점상을 하는 사람들은 밀려서 밀려서 거기까지 간 사람들이다. 차이점은 조폭들 아래서 일하느냐 아니면 혼자 일하느냐 정도.

그런 사람들이 세상에 관심을 가지는 것은 쉬운 게 아니다.

"화가 나기는 하는데, 이걸로 어떻게 돈을 벌라는 거죠?"

"두 가지가 가능합니다."

"두 가지라구요?"

"첫 번째는 초상권 침해이지요."

초상권이란 말 그대로 사람의 얼굴에 대한 가치다.

이 사진의 경우 초상권자는 이 아주머니다. 하지만 놈들은 아주머니에게는 어떤 설명도 하지 않고 마음대로 사용하고 있었다.

"두 번째는 명예훼손입니다."

"명예훼손?"

"네."

"하지만 저한테 거짓말을 한 것도 아닌데……."

"그건 전혀 다른 겁니다. 명예훼손은 일반적인 상식과는 좀 다르죠."

명예훼손에 대해 일반적으로 사람들은 거짓말을 해서 한 사람의 명예를 훼손하는 것을 처벌하는 규정이라고 생각한다.

하지만 법적인 명예훼손은 허위 사실이 아니라고 하더라도 그걸 유포하는 것에 대해 처벌한다.

가령 누군가 바람을 피우지도 않았는데 피웠다고 말해도 명예훼손이지만, 실제로 바람을 피운 걸 피웠다고 다른 사람에게 말하는 것 역시 명예훼손에 들어간다.

즉, 명예훼손은 사실이든 거짓이든 상관없이, 당사자가 비밀로 하거나 외부에 공개하고 싶지 않은 사실을 이야기하면 성립되는 것이다.

"이 경우 과거에 있었던 일을 아주머님은 그다지 공개하고 싶지 않을 겁니다."

아주머니는 고개를 끄덕거렸다.

그 당시 자신이 얼마나 힘들고 고통스러워했는데, 그걸 다시 외부에서 보면서 그 고통을 다시 기억하고 싶지는 않았다.

"그런데 저들은 그걸 자기들의 무기 삼아서 정당성을 얻고 있지요. 더군다나 그 행동이 정당하게 이루어지는 것도 아닙니다."

그들은 올바르게 사람들에게 어필하는 게 아니라 협박을 동반하며 그녀의 사진을 뿌렸고, 당연히 사람들은 그녀에 대해 점점 안 좋은 감정을 가질 수밖에 없다.

"이는 명백히 불법입니다. 그러니까 소송을 하면 적지 않게 손해배상을 받으실 수 있을 겁니다."

"하지만……."

당장이라도 하겠다고 하려던 아주머니는 다음 순간 움찔했다. 그럴 수밖에 없는 게, 상대방은 변호사다. 그리고 자신은 변호사를 고용할 능력이 되지 않는다.

"돈은 필요 없습니다."

"돈이 필요 없다고요?"

"네."

"왜요?"

"이건 순수하게 정의를 위해 하는 일이니까요."

노형진은 씨익 웃으면서 말했다.

물론 이미 의뢰비를 받았기 때문인 것도 있다. 엄밀하게 말해서 그 의뢰를 성공하기 위해 하는 작전인 만큼 그녀에게 받을 이유가 없다.

그리고 그녀가 없으면 작전에 차질이 생기고 말이다.

"진짜입니까?"

"네. 원하시면 계약서라도 쓰시지요."

잠시 고민하던 아주머니는 고개를 끄덕거렸다.

안 그래도 당장 먹고살기도 힘든 게 현실이다. 지금 손해배상으로 얼마를 받을지 모르지만, 단돈 몇백이라고 해도 자신의 삶에는 많은 도움이 될 것이다.

"그럼 할게요."

노형진은 씩 웃으면서 계약서를 내밀었고 바로 사인을 받았다.

노형진이 그렇게 계약서를 받아 왔을 때, 김성식 변호사 역시 웃으면서 그를 기다리고 있었다.

"늦었네?"

"아무래도 기자에 비해서는 찾기가 힘드니까요. 기자는 찾으셨습니까?"

"그럼. 찾았지."

김성식 변호사는 웃으면서 뭔가를 꺼내서 흔들었다.

"기자에게서 받은 저작권 소송대리 계약서일세."

"그렇군요."

사진에 찍힌 사람은 아주머니다. 초상권은 그 아주머니에게 있지만 저작권은 기자에게 있다.

일반적으로 언론의 자유가 더 우선시되기 때문에 초상권에 대해 기자에게 돈을 달라고 할 수는 없지만…….

'다른 놈이라면 이야기가 달라진다.'

기자의 경우 기사가 나가면 그 기사에 대한 저작권을 가진

다. 특히나 사진 같은 경우는 명백한 저작권을 가지고 있다.

단순 사실의 나열인 경우에는 저작권이 인정되지 않기도 하지만, 이 기사는 논조가 명확했고 사건도 명확한 단순 사실의 나열이 아니기 때문에 저작권이 인정된다.

김성식은 노형진의 부탁을 받고 그 기자를 찾아간 것이다.

"그쪽에서는 어이없어 하던데?"

"그렇겠지요."

그 기자가 사진을 찍은 것은 힘든 서민들의 삶을 국민들에게 알리기 위해서였지, 누군가의 배에 기름을 채워 주기 위해서가 아니었을 것이다.

"과연 시위하던 인간들이 무슨 소리를 할지 궁금하군요, 후후후."

노형진은 이번 싸움은 절대로 질 생각이 없었다.

⚖️

"어?"

성익당 앞에 드러누워 잠을 자던 김남봉은 누군가가 자신을 툭툭 건드리자 짜증을 내면서 고개를 들었다.

"뭐야?"

올려다보니 어떤 젊은 사람 한 명이 자신을 내려다보고 있었다.

"꺼져라. 귀찮게 하지 말고."

김남봉의 일은 저 가게가 망하게 하는 것이다.

하지만 어느 정도 소문이 나자 더 이상 사람이 오지 않았기 때문에 그는 하루 종일 자는 것으로 소일거리를 대신하고 있었다.

"김남봉 씨?"

"뭔데, 이 새끼야."

상대방이 누가 봐도 자신보다 어리다 할 사람이었기에 김남봉은 짜증을 내면서 일어났다.

한창 잘 자고 있었는데 그로 인해 잠이 다 달아났기 때문이다.

"노형진 변호사라고 합니다."

"변호사?"

김남봉은 코웃음을 쳤다.

'내가 이 짓거리 한두 번 해 보는 줄 아나?'

가게를 망하게 하려고 이런 짓거리 한두 번 해 본 게 아니다. 당연히 상대방이 변호사를 보낸 적도 있었다.

하지만 현행법상 공유지에 들어가는 곳은 그들이 강제로 철거할 수 있는 방법이 없었다.

"꺼져라, 귀찮게 하지 말고. 저런 망할 놈들은 망해야지."

어차피 업무방해로 고소해 봐야 벌금 몇십 내고 나오면 그만이다. 그리고 그건 이미 전노협 쪽에서 내주기로 한 상황이다. 벌금 조금 내고 자신들의 힘을 보여 주겠다는 것이다.

'내가 모를 것 같냐?'

하지만 노형진은 그들의 그런 방식을 알고 있다. 그러니 저들에게 대항하기 위해서는 다른 방식을 써야 했다.

"저작권 위반과 초상권 침해와 명예훼손 그리고 허위 사실 유포에 관련된 소송을 하려고 하는데 그 통지를 하기 위해서 온 겁니다. 김남봉 씨와 나머지 두 분에게도요."

"뭐라고?"

이게 무슨 소리인가 하고 고개를 드는 김남봉.

옆에서 다른 자들도 고개를 들어서 노형진을 바라보았다.

"말 그대로입니다. 여러분이 사용하시고 있는 사진은 기자가 찍은 저작물입니다. 그걸 무단으로 사용하셨으니 그에 관련된 소송이 들어갈 겁니다. 그리고 그 사진에 등장한 아주머니의 동의도 안 얻으셨더군요. 초상권 침해입니다. 더군다나 아주머니 말씀이, 더 이상 이 사진이 돌아다니는 걸 원치 않는데 과거의 사건을 자꾸 뿌리고 다닌다고 명예훼손으로 고소하시겠답니다. 마지막으로 성익당에 대해 존재하지 않는 허위 사실을 유포하고 다니셨으니 허위 사실 유포가 포함된 거구요."

김남봉은 멍하니 노형진을 바라보았다. 도무지 이해가 가지 않는 말이었기 때문이다.

"그래서 나한테 돈 내라고?"

"그런 거죠."

"웃기고 자빠졌네."

김남봉이 웃자 옆에 있던 다른 사람들도 피식 웃었다.

"마음대로 하세요."

옆으로 드러눕는 김남봉.

어차피 벌금은 다 전노협에서 내주기로 했기 때문에 그는 무서울 게 없었다.

'허, 무식하면 용감하더니.'

노형진은 그런 김남봉을 보고 혀를 내둘렀다.

다른 두 사람도 그런 김남봉의 행동에 용기를 얻은 건지 아니면 별일 아니라고 생각한 건지, 모로 누워서 다시 잠을 청했다.

"지금이라면 합의의 기회가 있습니다."

"조까, 씨발."

김남봉은 합의할 생각이 없었다.

애초에 그럴 자격도 없고, 하루 종일 놀고먹으면서 일당 7만 원씩 받는 이 일을 그만두고 싶은 생각도 없었다.

그냥 죽치고 있다가 손님이 오면 시위를 빙자해서 쫓아내면 그만인 일. 이런 좋은 일을 왜 그만둔단 말인가.

"꺼져. 합의 안 하니까."

"그러지 말고 합의하시죠. 서로 좋은 게 좋은 거 아닙니까."

"꺼지라고."

"합의하세요. 꼭 법원까지 갈 이유는 없습니다."

노형진은 어떻게 해서든 설득하려는 듯 매달렸다.

그러자 김남봉은 일어나서 버럭 화를 냈다.

"꺼지라고 했지, 이 씨발 새끼야! 뒈지고 싶어, 응? 우리가 누군지 알아? 전노협이야, 전노협! 죽고 싶지 않으면 꺼져라."

마지막에는 협박까지 하는 그들.

사실 자고 있는데 와서 그렇게 합의하자고 매달리니 짜증이 날 수밖에 없었다.

그러자 노형진은 어쩔 수 없다는 듯 어깨를 으쓱하고 뒤로 물러났다. 애초에 합의를 생각하고 온 것도 아니었다.

"진짜 안 하네."

노형진이 물러나서 나오자 기다리고 있던 손채림은 고개를 흔들었다.

"저 녀석들은 피해자가 아니야. 피해자인 척하는 일당직이지."

"알고는 있지. 그런데 왜 쓸데없이 가서 합의하자는 소리를 한 거야?"

노형진은 씩 웃으면서 숨겨진 카메라를 꺼냈다.

"약자 코스프레는 그만하라고 하고 싶어서 말이지."

"아하!"

저들은 지금 약자인 것처럼 코스프레하고 남들을 괴롭히고 있다. 하지만 녹음된 내용에는 그들이 협박하는 것이 다 기록되어 있다.

"자, 이제 슬슬 청소를 시작해 볼까?"

노형진은 텐트 안에서 퍼질러 자는 세 사람을 보면서 씨익 미소를 지었다.

⚖️

"이게 무슨……."

경찰에 신고가 들어가는 거야 숱하게 겪은 일이고 그 벌금은 전노협에서 내준다. 그랬기 때문에 세 사람은 안심하고 있었다.

그런데 난데없이 자기 집에 빨간딱지가 붙을 거라고는 생각도 못 했다.

"이게 뭐야? 어떻게 된 거야?"

"내가 묻고 싶은 말이에요! 당신 나가서 일한다더니, 도대체 무슨 짓을 하고 다니는 거예요?"

아내의 연락을 받고 다급하게 집에 온 김남봉은 당황해서 집 안을 둘러보았다.

여기저기 붙어 있는 딱지들. 가압류가 되어 있다는 경고 딱지였다.

"심지어 우리 통장도 묶여 버렸다고요!"

"통장도?"

"네!"

정신이 아득해지는 김남봉이었다.

통장이 묶여 버리면 입금은 되더라도 출금은 안 된다. 즉, 생활 자체가 불가능하게 되는 것이다.

"이게 무슨 일이야?"

그는 다급하게 법원에서 왔다는 서류를 바라보았다.

몇몇 사람들이 민사소송을 했다는 내용이었다.

"아……."

그제야 노형진이 와서 했던 말이 기억이 난 김남봉.

"여보!"

"걱정하지 마. 이건 내가 알아서 할게. 걱정하지 마. 바로 해결할게."

그는 다급하게 서류를 들고 어디론가 향했다.

⚖

"이건 우리 책임이 아니죠."

그는 다급하게 전노협의 책임자인 왕수성을 찾아갔다. 배상금 요구액이 다 합쳐서 무려 5천이 넘어갔기 때문이다.

그런데 왕수성이 하는 말은 그를 당혹하게 하기 충분했다.

"네? 그게 무슨 말씀이십니까? 책임지기로 하셨잖아요!"

"그거야 형사까지만이죠."

"뭐라고요?"

"형사야 우리가 책임진다고 했지만, 개인적인 민사까지

왜 우리가 책임집니까?"

"하지만 이 민사 자체가 이 일 때문에 벌어진 건데……."

"민사라는 말 몰라요? 당신과 그쪽 개개인의 문제이지, 우리랑 관련 있는 건 아니지."

왕수성은 소파에 기대어 느긋하게 말했다.

물론 궤변이다. 이 모든 일의 책임은 전노협에 있으니까.

'하지만 돈을 줄 이유는 없지.'

왕수성은 간단하게 생각하기로 했다.

어차피 약속된 것은 형사에 관련된 부분이지, 민사에 관련된 부분은 없었다. 그렇다면 자신들이 그 배상금을 줄 이유는 없다.

"사장님."

"가서 자리 지키세요. 민사는 알아서 하시고."

"이 상황에서 어떻게 자리를 지킵니까!"

소장에 따르면 시간이 길어질수록 배상금은 점점 늘어날 수밖에 없다. 그런데 자리를 지키라니.

"그래서 안 하겠다는 겁니까?"

"안 합니다. 아니, 못 합니다!"

물론 신청한 배상금 전부를 주라는 소리는 하지 않을 것이다. 그렇다고 해도 결국은 상당한 돈을 줘야 하고, 자신이 그 앞에서 깽판을 치는 시간이 길어질수록 그 돈도 늘어날 것이다.

"진짜 이럴 겁니까?"

왕수성은 짜증 섞인 얼굴로 말했다.

"안 한다고! 우리가 왜 이 돈을 내야 하는데!"

민사는 생각도 못 했던 일이다.

더군다나 공식적으로 일을 저지른 것은 자신들이고 전노협은 자신들을 지원해 주는 단체일 뿐이다. 즉, 법적으로 말하면 자신들이 배상해야 하는 게 맞다.

"다 내놔! 너희가 책임져야 할 거 아냐!"

버럭버럭 화를 내는 김남봉.

보고 있던 왕수성은 얼굴을 찡그리더니 눈짓을 했다. 그러자 구석에 있던 사람이 스윽 움직였다.

화를 내느라고 그걸 못 본 김남봉에게는 불행한 일이었다.

"너희들이 내놓으라고, 이 새끼들아! 너희들이 책임진다고 했잖아! 안 그러면 내가 신고할 거…… 으억!"

갑자기 날아온 주먹에 나가떨어지는 김남봉.

쓰러진 김남봉에게 곧바로 주먹질과 발길질이 연달아 날아들었다.

"이 새끼가 미쳤나? 여기가 어디라고 기어들어 와서 성질이야. 너 죽으려고 작정했지?"

"억억!"

"신고? 해 봐, 이 새끼야. 그 전에 너 담가 버린다. 아예 미리 담가 줄까, 응? 이 개새끼가 죽으려고 환장했지? 너만 담글 줄 알아? 너희 가족 다 담글 거야, 이 새끼야. 그리고 네가 주범인데 어디다 신고를 해, 이 미친 새끼가!"

쓰러진 김남봉을 마구 패는 덩치.

곧 다른 사람들도 와서 함께 구타를 시작했고, 무려 30분 가까이 두들겨 맞은 김남봉은 축 늘어졌다.

"끌어내. 다른 녀석들에게 본이 보이겠지."

"네, 형…… 아니, 사장님."

쓰러진 김남봉을 끌고 나가는 무리.

맨 처음 때린 인물과 함께 남은 왕수성은 한숨을 쉬었다.

"다른 녀석들도 안 하려고 하겠는데요?"

"이건 생각지도 못했는데?"

많은 가게를 망하게 만들었다. 그렇지만 그들 중에서 이런 터무니없는 걸로 민사를 걸어서 자신들이 고용한 시위꾼들의 입을 다물게 한 사람은 처음이었다.

"이 새끼, 우리에 대해 아는 모양인데요?"

"흠……."

일반적으로 가장 먼저 부르는 게 경찰이다.

하지만 자신들은 경찰들에게 적절한 관리를 할 뿐만 아니라 위에도 선이 있기 때문에 그건 문제가 안 되었다.

허가받은 시위를 하는 것이기 때문에 업무방해도 성립되지 않아서 대부분의 가게들은 제대로 저항도 못 하고 망했었다.

"그런데 개인을 노린다?"

"우리가 고용한 녀석들이라는 걸 아는 모양입니다."

상대방을 집단으로 보고 대항하면 아무래도 힘들다. 하지만 개개인의 피를 말린다고 하면 고용된 인간들이 누가 하려고 하겠는가?

당장 이번 건으로 김남봉이 번 돈이 잘해 봐야 300만 원도 안 될 텐데 배상금은 못해도 500 이상은 나올 것이다.

"안 되겠다."

"그럼 어쩌실 생각입니까?"

"어르신한테 전화 좀 드려야지."

그 전화 한 통의 가치를 알고 있었기 때문에, 말을 하면서도 왕수성의 얼굴은 절로 찡그러질 수밖에 없었다.

⚖️

"서로 양보를 통해서 함께 상생하는 길을 걸어갔으면 좋겠습니다."

가게 앞에서 인터뷰하는 정치인을 보면서 노형진은 입을 쩍 벌렸고 김성식은 짜증스럽게 말했다.

"뭐 주워 먹을 게 있다고 정치인이 여기까지 기어들어 온 거야?"

현 야당 국회의원의 등장은 노형진으로서는 전혀 생각하지 못한 변수였다.

'어째서?'

성익당이 크고 유명한 빵집이라고 하지만 그건 어디까지나 일반적인 기준인 것이지, 정치인이 낄 정도의 일은 아니다. 그런데 도대체 왜 야당의 정치인이 여기까지 와서 조만복에게 압력을 행사한단 말인가?

"저 인간 왜 온 겁니까?"

김성식은 고개를 흔들었다.

노형진은 스스로 정치에서 거리를 두려고 했기 때문에 정치인이 왜 움직인 건지 이해가 가지 않았을 것이다. 그건 정치인에 대해 잘 아는 김성식이 차라리 더 이해를 잘할 것이 뻔했다.

"뇌물이라도 받은 겁니까?"

"뭐, 그것도 이유이겠지만 말이야."

김성식은 한숨을 쉬면서 자신이 아는 대로 대답해 줬다.

"진보의 함정에 빠진 거지."

"진보의 함정?"

"그래. 진보가 추구하는 게 뭔가? 약자를 보호하자 아닌가?"

"그렇지요."

보수는 말 그대로 기존 기득권을 유지하는 쪽으로 나가고 진보는 약자라고 말하는 하위 계층을 보호하는 쪽으로 나가는 것이 우리나라의 일반적인 성향이다.

"그런데 이거랑 그거랑 무슨 관계예요?"

심지어 손채림조차 이해하지 못하겠다는 얼굴이었다.

그가 끼어든 덕분에 그저 동네 잡음으로 끝날 일이 전국적으로 소문이 나게 된 것이다.

'이건 안 좋아.'

그나마 성익당이 유지가 되는 것은 직접 오는 손님보다 택배로 주문하는 손님이 더 많기 때문이다. 그런데 진보 정치인이라는 놈이 방송에 나와서 성익당을 악의 축으로 지목해 버렸으니 타격이 클 수밖에 없다.

"우리는 이런 상황을 진보의 함정이라고 표현한다네."

"진보의 함정?"

"그래."

김성식은 영문을 모르는 두 사람에게 지금 벌어지는 일을 설명해 주기 시작했다.

"약자를 보호해야 한다, 그게 잘못 해석되어서 약자는 절대 선이라는 공식이 성립된다고 생각하는 거지, 저치들은."

"약자가 절대 선이라고요?"

"그래."

"미친 거 아닙니까?"

"진보 쪽에서 저런 실수를 많이 해. 솔직히 골수 진보라는 녀석들이 더 그런 실수를 하지. 주객이 전도되는 거야."

"끄응……."

사회는 약자를 배려하면서 성장한다. 그게 진보주의자들의 생각이다.

문제는 약자를 지키는 것과 그들이 모두 착한 이들인지는 전혀 다른 사안이라는 것이다.

약자도 사람이고, 모든 사람들이 다 그렇듯 수많은 약자들 내부에는 나쁜 놈들도 있다. 그런데 그들은 자신이 약자임을 무기처럼 내세워 휘두른다.

"그래서 엉뚱한 짓을 하는 거지."

"이해가 가네요."

노형진은 가게 앞에서 방송을 하는 정치인을 보면서 한숨을 쉬었다.

'멍청하긴. 완장질이라는 말도 못 들어 봤나.'

완장질이란 어쩌다 중요한 자리에 올라가면 그 힘을 마구 휘두르는 것을 말한다.

약자들이 보통 선하게 행동하는 것은 진짜 선해서가 아니라 악한 마음을 가지고 그걸 휘두를 경우 억압할 수 있는 사람이 많기 때문이다. 그래서 표출하지 못하는 것을 가지고 약자는 무조건 선하다고 판단할 수는 없다.

실제로 똑같이 가난하고 힘들게 자란 사람 중 누구는 대학 교수가 되기도 하지만 누구는 살인범이 되기도 하는 것처럼, 사람마다 상황과 인성이 모두 다르기 때문이다.

"그런데 저 사람은 약자는 무조건 선하다고 생각하는 거지. 그래서 우리는 그걸 진보의 함정에 빠졌다고 표현한다네."

"그러면 보수 쪽도 그런 게 있나요?"

"있지. 보수의 그물이라고 하지."

"보수의 그물?"

"그래. 각자의 이권을 챙기기 위해 서로 끈끈하게 연결되어 있거든. 일종의 카르텔이지. 그런데 그러다가 한번 걸리면 한 방에 훅 가는 거지."

"흠."

함정이든 그물이든 좋은 건 없다. 둘 다 인간이 멍청해서 저지르는 실수니까.

"그러니까 저 정치인은 저들이 약자라 생각하는 거군요."

"공식적으로는 그들은 그저 노점상 주인들이니까."

'공식적으로야 그렇지.'

하지만 비공식적으로 저들은 매년 수십억의 수익을 내고 세금도 내지 않는다.

절대 약자도 아니고, 그저 약자의 가면을 쓰고 있을 뿐이다.

"어흠."

노형진이 생각에 잠겨 있는 사이에 다가온 정치인.

그런데 정작 그 인간은 말을 하지 않고 가까이 있는 보좌관이 먼저 입을 열었다.

"인사드리시죠. 이분은 현 국회의원이신 김중팔 선생님이십니다."

순식간에 노형진의 얼굴이 팍 일그러졌다. 보좌관이 노형진 일행에게 '인사드리시죠.'라고 말했기 때문이다.

이것이법이다

즉, 노형진 일행을 아래로 보고, 일단 자신들이 먼저 인사를 받겠다는 소리였다.

'이 새끼는 뭐야?'

김중팔은 비서관에게 말도 안 하고 조용히 이쪽을 바라보고 있었다.

보좌관의 말 그대로, 자신이 더 높은 사람이니 인사를 해 와라, 그럼 받아 주겠다는 뜻이었다.

'뭐? 약자를 보호해? 개소리하고 자빠졌네.'

모든 보수가 다 진짜 보수가 아니듯 김중팔이라는 인간도 진짜 진보는 아닌 듯했다. 진보의 기본 가치는 평등이기 때문이다.

"싫은데요."

노형진은 단박에 말을 잘랐고, 듣고 있던 비서관은 당혹감을 감추지 못했다.

'그래, 처음이겠지.'

상대방에게 먼저 인사를 하라고 하는 걸 거부하는 사람은 아마 처음일 것이다. 대부분의 경우 정치인들에게 알아서 먼저 고개를 숙이기 때문이다.

"네? 하지만 이분은…….'

"들었어요, 국회의원이라고. 그래서요?"

얼굴을 와락 찡그리는 김중팔.

노형진은 그를 보면서 피식 웃었다.

'예의는 어디다 팔아먹었냐?'

기본적으로 이런 경우 비서관이 김중팔을 소개하고 그 후에 노형진이 인사하는 게 맞다. 소개해 주는 사람이 아는 쪽은 김중팔이니까.

그런데 다짜고짜 인사를 하라니.

"어흠, 내가 누구냐면……."

"네, 들었다니까요. 김중팔 국회의원님이시죠."

노형진은 시큰둥하게 말했다.

김중팔은 살짝 화가 나는 듯한 얼굴이 되었지만 그래도 이내 평정심을 찾고는 애써 입을 열었다.

"이보게나, 세상이라는 것이 다 서로 배려해 가면서 사는 거 아닌가? 그러니 너무 괴롭히지 말게나."

물론 이 말도 안 되는 권고에 대해서, 노형진은 할 말이 많았다.

"저희는 괴롭힌 적이 없습니다."

"괴롭힌 적이 없다니?"

"법대로 한 것뿐인데요. 법대로 안 한 건 저쪽이구요."

"법에도 눈물이 있는 법일세."

"제가 변호사 생활을 하면서 법에도 눈물이 있다는 법 조항은 본 적이 없습니다만."

노형진이 한마디도 지지 않으려고 하자 김중팔은 슬슬 짜증이 나는 얼굴이었다.

물론 그가 처음부터 좋게 해결하려고 했다면 노형진도 이렇게까지 이야기하지는 않았을 것이다.

하지만 김중팔은 애초에 와서 대화를 신청한 게 아니라 가게 앞에서 가게를 배경으로 기자까지 불러서 인터뷰를 했다.

당연히 가게 이름이 그대로 나갈 것이고, 아니, 설혹 이름을 가렸다 해도 대충 어느 가게인지 현대의 네티즌들은 귀신같이 찾아낼 것이다.

'그러면 가게 망하는 거지, 뭐.'

노형진은 그걸 알고 있었다.

대화를 원하지도 않으면서 굳이 이제 와서야 말을 걸었다는 것은……

'이미지다 이거지.'

안 봐도 뻔하다. 전노협의 부탁을 들어주면서 한편으로는 약자를 도와주는 사람이라는 이미지를 만들기 위해 이런 행동을 하는 것이다.

"자네들이 양보를 좀 하게. 다 먹고살자고 하는 거 아닌가?"

"물론 전혀 상관없는 물건을 판다면 이해라도 하지요. 하지만 바로 앞에서 짝퉁을 파는 건 아니지요?"

"짝퉁이라니? 난 못 봤는데?"

"성익당 제과점인데 성일당 제과라고 쓰거나 성악당 제과라고 쓰면 뭐가 다른데요?"

"그건 개별적인 상표지."

'바보냐?'

그들은 그렇게 가짜를 팔아먹고 있다. 더군다나 길을 모조리 노점상들이 막으면서, 막 성장하고 있던 상권이 정체되어 버린 상황이다.

"서로 배려를 하면서 살아야지."

"하지만 전노협에서는 배려는커녕 투쟁하겠다면서 영업방해를 했습니다."

"뭐? 난 모르는데?"

"그래요? 이거 한번 보시죠."

미리 찍어 둔 영상을 보여 주는 노형진.

그걸 본 김중팔은 살짝 당황했다.

그러나 그 당황은 몰라서 하는 당황이 아니었다.

'그렇겠지.'

모를 리 없다.

안다. 그럼에도 모른 척한 것이다.

"저희 요구 조건은 간단합니다. 이러한 행동을 그만둘 것. 현재 있는 노점상에서 근처 상인들과 동일한 종목을 팔지 말 것. 그리고 현재 있는 노점상들 중 절반을 줄일 것."

"그건 무리일세."

"무리가 아니죠."

첫 번째야 이미 노형진에게 민사를 당한 녀석들이 당황해서 도망간 덕분에 현재는 벌어지지 않는 일이다.

두 번째는 이곳이 아직 성장하는 상권이기 때문에 대부분

술집이나 화장품 가게, 옷 가게라 그다지 겹칠 것도 없다.

"세 번째가 문제일세. 그렇게 많이 줄이면 다 죽으라는 소리가 아닌가?"

"그렇게 하지 않으면 이 지역 상권이 죽습니다."

현대는 1인 1차량의 시대다. 그런데 그런 도로를 노점상들이 무단으로 점유하면서 차 두 대가 간신히 왔다 갔다 할 수 있는 정도밖에 남지 않았다.

각 건물마다 지하 주차장이 있으면 뭐하나, 그곳으로 들어가기 위해서는 아슬아슬하게 곡예 운전을 해야 하며 거기서 나오는 것도 혼란 때문에 쉽지 않은데.

당연히 상습 정체가 생길 테고, 운전하기도 힘든 이곳으로 오려고 하는 사람은 없을 것이다. 그리고 그건 자연스럽게 상권의 몰락으로 연결이 된다.

"그건 안 될 말일세. 절반이나 줄이라니."

"그러면 3분의 1은 줄이세요. 최소한 코너는 막지 말아야지요. 코너를 막아서 차 사고가 몇 번이나 났는지 아십니까?"

"이 사람아, 그래도 약한 서민들이 먹고살자고 하는 건데 어떻게 나가라고 해?"

'서민 같은 소리 하고 자빠졌네.'

진짜 서민이라면 노형진 입장에서는 미안해서라도 독하게 했을 것이다. 하지만 저들은 서민도 아니고 그저 범죄 집단일 뿐이다. 다만 서민의 탈을 뒤집어쓰고 그들을 방패로 쓰는.

'대기업이랑 똑같구먼.'

국민을 대상으로 온갖 패악질을 하던 대기업들은 자신들에게 불리하다 싶으면 거기서 일하고 있는 노동자들을 방패로 삼는다. 자신들이 망하면 거기서 일하는 노동자들은 모두 백수가 된다면서.

문제는, 그들이 망해도 그들의 공장은 누군가에게 팔린다는 것이다. 그렇다면 노동자들의 직장은 유지가 된다는 뜻이다.

'진짜 불쌍한 사람을 방패로 삼는 꼴은 못 본다.'

저들이 방패로 밀고 있는 사람은 주지 않아도 되는 권리금과 월세를 내면서 기업형 포장마차에서 일하는 사람들이다.

놈들은 그런 이들을 방패 삼아서 자신들이 불쌍하다고 주장하는 것이다. 정작 자신들은 그들의 고혈을 빨아먹으면서.

"좋은 게 좋은 거 아닌가? 적당히 물러나게."

완곡하게 말하는 상황이었지만 누가 봐도 협박이나 다름없는 말이었다.

물론 그 정도 협박에 물러날 노형진이 아니었다.

"물론 적당히 합의는 하고 싶습니다. 하지만 합의라는 것은 결국은 서로 양보하는 거 아닌가요? 최소한 3분의 1은 줄여 주셔야 하는 거 아닙니까?"

"그러니까 그럴 상황이 아니니까 좀 물러나 달래도."

"그러면 그쪽에서 요구하는 건 뭔가요?"

노형진은 단도직입적으로 물어봤다. 협상이라는 것은 상

대방의 조건을 알지 못하면 할 수가 없는 것이기 때문이다.

하지만 노형진 일행에게는 실로 어이없는 답변으로 날아왔다.

"딱히 없네만."

"네? 없다니요?"

"그들은 먹고살기 힘들어서 고생하는 사람들인데 우리가 어떻게 조건을 달겠는가? 우리가 배려를 좀 해 줘야지."

"그러니까 의원님 말은, 그쪽은 전혀 양보를 할 생각이 없다는 말씀이시군요."

"이쪽에 뭔가 가진 게 있어야 양보를 하지. 가진 것도 없는 사람에게 양보를 해 달라는 건 어불성설 아닌가?"

'기가 막히군.'

가진 게 없다는 게 모든 일에서 면죄부로 작용되는 것은 아니다.

더군다나 조만복을 비롯해서 이 지역 상인들이 다 부자는 아니다.

조만복이야 어찌 되었건 성공한 빵집의 사장이라고 하지만 건물을 가진 사람보다 훨씬 수익이 적은 게 사실이고, 다른 사람들 역시 대부분 자기 가게가 아니라 세를 내면서 장사를 하는 사람들이다.

결국 가지지 않은 것은 누구나 마찬가지인 셈이다.

'그런데 뭐? 가진 사람이 양보해야 한다고?'

그런 식으로 본다면 세상 모든 사람은 양보해야 한다. 왜냐면, 이 세상 누군가는 자신보다 없으니까.

대기업 총수는 부사장에게 기업 운영권을 넘겨야 하고 동네 가게 주인은 거지에게 매일같이 밥을 퍼 줘야 한다. 상대적으로 가진 자니까.

'이건 뭐, 호의를 계속해 주면 권리인 줄 안다더니.'

노형진은 직감적으로 더 이상 말할 필요가 없다는 걸 느꼈다.

"아무래도 이쯤에서 그만해야 할 것 같군요."

"잘 생각했네. 자네들이 양보하면……."

"아니요. 협상을 그만하자는 소리입니다."

"뭐라고?"

"세상천지에 남의 걸 그냥 달라고 하는 사람은 없습니다. 조만복 씨는 뭐 땅 파서 장사하신 분입니까? 그분도 성공하기 위해 수년을 노력하신 분입니다. 다른 상인분들도 마찬가지고요. 그런데 그렇게 일군 가게 앞에 노점상을 쫘악 깔아 두고 사람들이 다니지도 못하게 하는데 어떻게 양보를 합니까?"

"자네……."

"더 이상 하실 말씀이 없다면 그만두죠."

노형진은 당차게 고개를 돌렸다. 그리고 그곳을 떠났다.

"이익……!"

그리고 뒤에 남은 김중팔은 눈에 불을 켜고 노형진을 노려보고 있었다.

"이런 식으로 나올 줄 알았다."

노형진은 갑자기 늘어난 사람들을 보면서 한숨을 푹 쉬었다.

"이렇게 될 줄 알았다고?"

일단 빵 가게 앞에서 시위하던 녀석들은 개별적 민사소송
이 두려워서 안 나왔다.

그것까지는 좋다. 문제는 그 후다.

"저건 뭐래?"

"인권주의자 나부랭이."

"인권주의자 나부랭이?"

낯선 말에 손채림은 고개를 갸웃했다. 그녀가 아는 한 인
권주의자라는 말은 무척이나 좋은 의미였기 때문이다.

그런데 인권주의자 나부랭이라니?

"쉽게 말해서, 진짜 인권에는 관심도 없는 멍청이들이라는 뜻입니다."

"왜요?"

"진보의 함정이 어디서 온 것 같습니까?"

"아!"

김성식이 조언을 해 주자 손채림은 바로 알아들었다.

진보의 함정이 진보를 바보로 만든다면 그것은 인권주의자들에게도 해당이 된다.

"저 멍청이들은 일단 상대방이 약자 코스프레를 하면 대신 싸워 주겠다고 덤벼들지. 멍청한 놈들이야."

그래서 정작 인권을 지켜줘야 하는 피해자들이나 선량한 사람들이 아니라 범죄자, 아니면 저런 약한 척하면서 남 등치는 녀석들을 위해 싸운다.

"정작 도움이 필요한 사람들은 도움을 받지 못하는 경우가 대부분이야."

"아니, 왜?"

"여러 가지 이유가 있죠."

김성식은 안타까운 얼굴이 되었다.

그는 대한민국 중수부의 부장검사 자리에 있었다. 당연히 이런 사건에 관련된 일을 많이 봤고, 그 결과도 알고 있었다.

"가장 큰 문제는 저들이 큰 적은 피한다는 겁니다."

"큰 적은 피한다고요?"

"네. 부담스럽거든요. 문제는, 인권침해라는 것은 결국 큰 적들에게서 벌어진다는 겁니다."

정치인, 그리고 대기업을 대상으로 싸우면 자신들이 불리하다. 싸움에서 이기지 못하는 것은 둘째치고, 본인들을 지원해 주는 곳이 다름 아닌 그들이기 때문이다.

"당장 국가를 상대로 싸움을 걸면 국가 지원이 끊어집니다. 기업도 마찬가지구요. 결국 만만하고 후환이 없는 곳에 싸움을 걸어서 지원금 좀 받으면서 사는 놈들이죠."

"헐."

김성식의 날카로운 말에 손채림은 왠지 어이가 없다는 시선으로 그들을 바라보았다.

"그러고 보니까 새론에 그래서 인권 변호사 팀 있지 않아?"

"그렇지. 그런데 그들은 변호사잖아. 그러니까 이런 문제가 안 생기거든. 그런데 저들은 인권 변호사가 아니라 그냥 인권 운동가라는 놈들이야."

당연히 자격증이나 그런 게 필요한 게 아니라서 그냥 나 인권 운동가요 하고 이름만 올리는 것이다.

"이런 단체는 많습니다. 정부에서는 이런 단체를 더 선호하는 법이구요."

"아니, 왜요?"

"문제를 안 일으키니까."

다양한 의견을 제시하고 여러 가지 사회적 문제를 해결할 목적으로, 국가 시책에 따라서 법적으로 사회단체를 지원하게 되어 있다. 문제는 그 지정을 하는 것이 국가라는 것.

"가령 진짜 인권 조직에 자금을 주면 어떻게 될까요? 가장 먼저 표적이 되는 것은 군대일 것입니다. 국방의 의무라는 미명하에 인권 탄압이 공공연하게 이루어지는 곳이니까요."

"그리고 그런 사람들이 모이면 인권 단체에서는 소송을 하겠지."

"아!"

그런 식으로 진짜 문제가 되는 곳을 건드리면 정부의 입장에서도 곤란하다.

"그러니까 핑계를 댈 만한 곳만 노리는 조건으로 지원을 해 주는 겁니다. 실제로 군대의 인권 탄압이나 아니면 기업의 인권 탄압에 대해 조사하고 항의하는 집단도 있습니다. 그런데 그런 곳은 어떤 지원도 받지 못하고 운영되죠."

"그럼 이번 사건은?"

"그래. 저들은 이름을 올리러 온 거야. 아무래도 김중팔이 불렀겠지."

노형진은 그렇게 말하면서 몰려 있는 사람들을 바라보았다.

"너무하다."

"너무한 거 아냐. 김중팔 입장에서는 당연한 거야. 공식적으로 압력을 넣기는 힘드니까."

현 여당과 야당은 사이가 극단적으로 좋지 않다. 그러니 그가 직접적으로 압력을 넣으면 나중에 문제가 생길 가능성이 아주 높아진다.

이런 것이 기록에 남아서 정부 쪽으로 넘어가면 약점이 되는 것이다.

"하지만 이러한 단체들은 아무래도 야당과 선이 닿아 있는 경우가 많거든."

야당이라는 특성상 인권 단체라는 놈들과 거래가 있는 건 당연한 일이니까.

"아…… 진짜 정치랑 엮이고 싶지 않은데."

노형진은 한숨이 나왔다.

가능하면 정치랑 엮이고 싶지 않은 게 자신의 바람이지만 변호사로 일을 하다 보면 그럴 수가 없다는 게 문제다.

"그러면 어쩔 거야? 저 사람들, 쫓아낼 거야?"

"그럴 리가. 내가 왜 도발한 건데?"

"응?"

"자네가 도발한 거라고?"

노형진의 말에 손채림도, 김성식도 깜짝 놀랐다.

"네. 설마 제가 아무리 예의가 없기로서니 아무 이유 없이 국회의원한테 그렇게 싸가지없게 말하겠습니까?"

"헐."

확실히 노형진이 김중팔을 만난 그날 노형진의 행동은 예의도 없었고 일반적으로 조심하던 모습도 보이지 않았다.

"아니, 왜?"

"저들을 불러오기 위해서지요."

"저들을 불러오기 위해서?"

"네."

노형진은 씩 웃으면서 말했다.

"놈들이 국회의원까지 불러올 건 솔직히 생각하지 못했습니다. 하지만 전화위복이라고 하지요. 저들 덕분에 이 골칫덩어리들을 한 번에 해결할 방법이 생겼습니다."

"한 번에 해결할 방법?"

"네. 원래 계획은 상당히 복잡했거든요."

원래 계획은 저들을 몰아내기 위해 과정이 복잡했고, 단시일 내에 해결될 문제도 아니었다. 최소한 3개월은 걸릴 각오를 해야 했다.

"그런데 생각해 보니까 그건 미봉책일 뿐이더군요."

"미봉책?"

"네. 저 전노협 같은 단체가 저곳만 있는 게 아니잖습니까? 그들을 몰아낸다고 해도 다른 곳에서 또 이 자리를 차지하기 위해 오겠지요."

"하긴. 그건 맞네."

김성식은 고개를 끄덕거렸다.

우리나라에서 단체를 만드는 건 쉬운 일이다. 그러니까 대충 이름만 붙이고 활동하면, 그걸 막는 규정 같은 건 없다.

"하긴, 저 전노협도 결국은 그냥 폭력 조직이잖아?"

손채림도 그건 이해가 간다는 듯 수긍했다.

말이 전국이지 사실상 좀 규모가 되는 폭력 조직일 뿐이다.

"우리나라 조직 중에서 90%는 전국 규모라고 주장할걸."

그들은 자신의 규모를 자랑하기 위해 그렇게 말하곤 한다. 당연히 전국 규모일 리 없다. 그냥 과시일 뿐이다.

"그래. 저들이 물러난다고 해서 다른 기업형 노점상들이 들어오지 않을 리 없어."

"그럼?"

"그러니까 아예 진짜 노점상을 불러들여야지."

"노점상을 불러들여?"

"그래, 후후후."

노형진은 자신의 계획을 설명하기 시작했고, 그 계획이 마음에 든 손채림과 김성식은 희미한 미소를 지으면서 고개를 끄덕거렸다.

⚖️

"네? 노점상을 받아들이자고요?"

조만복과 상가 주인들은 당황한 듯 어리둥절했다. 알아서 해결하겠다던 노형진이 백기를 들고 나올 줄은 몰랐던 것이다.

"그럼 그 녀석들에게 상권을 넘겨주자는 말씀이십니까?"

"그건 아닙니다. 그럴 리가요. 그 녀석들은 진짜 불쌍한 사람도 아니고, 이 상권을 박살을 낼 놈들인데요."

"그러면요? 어떻게 하라고요?"

"노점상은 저들만 있는 게 아닙니다."

"추가로 받아들이라는 소리인가요? 지금도 사람이 다니기 힘들 지경입니다."

"아니요. 굴러 온 돌을 불러오자는 겁니다."

"굴러 온 돌?"

"네."

노형진의 계획은 간단했다. 외부에서 다른 노점상들을 데리고 오자는 것. 상가 주인들이 선별해서, 업종이 겹치지 않는 사람들을 데리고 와서 자리를 잡게 해 주자는 것이다.

"네? 하지만 저 녀석들이 비켜 줄까요?"

"비켜 줄 리 없죠."

조폭들과 연계된 기업형 노점상들은 기존에 있던 노점상을 주먹과 폭력으로 쫓아내고 그 자리를 차지하는 놈들이다. 그런 놈들이 외부에서 진짜 힘든 노점상들이 들어온다고 자리를 만들어 줄 리 없다.

"하지만 비킬 수밖에 없을 겁니다."

"비킬 수밖에 없다?"

"네. 그 부분은 제가 생각해 둔 게 있으니 걱정하지 않으셔도 됩니다."

"음……."

노형진이 걱정하지 말라고 하자 조만복을 비롯한 상인회 사람들은 우려를 하면서도 일단은 수긍하는 눈치였다.

"그러면 우리는 어떻게 해야 하나요?"

"일단 적당한 노점상을 골라야 합니다. 그리고 그들과 함께 싸워야 합니다."

"싸운다고요?"

"네."

"아니, 왜요? 아까는 걱정하지 말라면서요?"

"제가 걱정하지 말라는 건 그들이 자리를 비우는 걸 말합니다. 그런데 저 녀석들은 당연히 그 자리를 다시 찾아가려고 하겠지요."

"그때 우리가 싸우라고요?"

"네."

"하지만……."

그 말에 주저하는 사람들.

저들이 조폭인 걸 알고 있기 때문이다.

"그 부분은 걱정 마세요. 저들은 자기 함정에 자신들이 빠질 테니까, 후후후."

노형진은 그들과 이야기하면서 안심을 시켰다.

"그럼 노점상으로 어떤 걸 들여올까요?"

"일단은…… 기본적으로 분식이겠지요?"

"그렇지요. 다행히 이 근처에는 분식집이 없으니까."

물론 아예 없는 건 아니다. 하지만 대기업 계열사의 분식집이니 이 정도에 타격을 입을 곳은 아니다.

"제 생각에는 전류도 나쁘지 않을 것 같은데요?"

"잘 생각해야 합니다. 장기적으로 상권을 보호할 목적으로 하는 거니까요."

그 말에 다들 고개를 끄덕거렸다.

신흥 상권에 들어간다는 것은 모 아니면 도다. 그리고 기업형 노점상들 때문에 극한에 몰린 상황.

"여러분들은 상생을 할 적당한 업종을 고르세요. 나머지는 저희들이 알아서 하겠습니다."

노형진의 말에 사람들은 더욱 진지하게 이야기하기 시작했다.

⚖

얼마 뒤 함께 살아갈 직종의 사람들이 선발되었다.

장기적으로 함께 운영할 사람들이기 때문에 그들에게는 까다로운 조건이 부여되었다. 그중에는 자신의 사진을 도용당해서 명예훼손으로 고소한 아주머니도 있었다.

"제게 이런 기회를 다 주시다니……."

"바르게 살아오셨잖아요? 그거면 된 겁니다."

그녀가 나서서 소송을 해 준 것에 대한 감사의 뜻도 있었고, 그녀야말로 이번 사태의 상징적인 인물이기 때문이었다.

조폭들이 그녀의 사진을 뿌려 가면서 언론 플레이를 했으니 그녀가 이곳에 자리 잡는 것만으로 사람들에게 많은 영향을 줄 것이다.

"감사합니다. 감사합니다."

"감사의 인사는 나중에 하세요. 들어간 후에 하셔도 됩니다. 그리고 들어가서도 약속은 잘 지키셔야 하고요."

"그럼요."

명백하게 지역 상인들과 합의하에 들어가는 것이기 때문에 까다로운 조건이 있었다.

첫째, 운영권은 남에게 넘기지 말 것.

장사가 잘되면 권리금만 받고 다른 곳으로 가는 사람들이 많기 때문이다. 조폭들이 돈을 버는 방식도 그거고 말이다.

'그렇게 둘 수는 없지.'

그래서 달아 둔 조건이다. 따로 돈도 안 받지만 권리도 인정하지 않는다는 것이다.

두 번째, 업종의 변경은 상인회와 협의하에 진행할 것.

일단 들어온 후에 주변에 피해를 주는 업종으로 변질되는 걸 막기 위해서다.

세 번째, 자리의 확장은 엄금.

당연히 교통의 흐름을 정리하기 위해 그런 것이다.

기타 자질구레한 약속들이 있었지만 그것만 지켜진다면 상인회에서는 그들에게 해코지를 하지 않기로 했다.

'해코지 정도가 아니지.'

상인회가 나서서 노점들과 상생을 하려고 하는 곳은 아마도 없을 것이다.

"그런데 저 녀석들이 문제네."

손채림은 여전히 도로에 가득한 노점상들을 보면서 얼굴을 찌푸렸다.

줄여 달라고 했더니 도리어 숫자가 더 늘었다. 이제는 사람이 다니는 것조차 힘들 정도로 노점상이 많아진 상태.

"이제 단속도 안 하고 말이야."

"국회의원이 끼었으니 그쪽도 섣불리 움직일 수가 없지."

노형진이 겁을 줘서 단속시키기는 했지만 그것도 어디까지나 주변에 알려지지 않았을 때 이야기다.

국회의원이 끼고 인권 단체라는 놈들이 단체로 끼어들자 구청에서도 질색을 하면서 손을 떼 버렸다. 아무리 그래도 현 정치인과 척을 지고 싶지 않았던 것이다.

"그러면 어떻게 빠지게 하려고? 신고해도 안 나오는데."

손채림은 그게 궁금했다.

노형진의 계획대로라면, 저들이 빠지면 자신들이 들어가야 한다. 그러나 영업을 안 한다고 해도 그걸 끌고 가는 게 아니기 때문에 저들을 끌어내기 위해서는 구청의 도움이 필요하다.

"하지만 구청은 거절했잖아?"

정치인과 인권 단체가 끼자 대번에 그들은 단속을 거절했다.

민원이 들어와서 욕먹는 게 낫지, 정치인은 건드리지 않겠다는 것이다.

"걱정하지 마. 저들은 조만간 뺄 수밖에 없어."

노형진은 씩 웃으면서 말했다.

그렇게 일주일쯤 지났고, 사람들은 불안해했다. 노형진이 아무것도 하지 않았기 때문이다.

사람을 만난 것도, 그렇다고 누군가에게 도움을 청한 것도 아니었다. 언제 하느냐고 하면 하는 말이 '하늘이 도와줄 거다.'라는 말뿐이었다.

그렇게 열흘쯤 지난 시점에, 드디어 때가 되었다.

"눈 진짜 많이 온다."

"그렇지."

엄청나게 쏟아지는 눈.

일반적으로 눈이라고 하면 그 양이 뻔하다. 하지만 이번에 쏟아지는 눈의 양은 어마어마해서, 센티미터 단위가 아니라 미터 단위로 재야 할 지경이었다.

"아니, 하늘에 구멍이 났나? 왜 이렇게 눈이 많이 와?"

"기상이변이지, 뭐."

"그래도 너무 심하게 오는데. 어디 가지도 못하겠어."

김성식은 진짜 하늘에 구멍이라도 난 것처럼 끊임없이 쏟아지는 눈을 보면서 질렸다는 듯 말했다.

얼마나 눈이 많이 오는지, 만일 서울이었으면 여기로 오는 걸 포기해야 할 지경이었다.

"설마…… 너 이걸 노린 거야?"

손채림은 물끄러미 바라보다가 문득 생각난 것이 있는지 노형진에게 물었고, 노형진은 씩 웃었다.

"그런가 보군. 하긴, 뜬금없이 이 지역으로 와 달라는 소리가 이상하기는 했지."

눈이 오기 직전 노형진은 가게가 있는 지역으로 둘 다 와 달라고 했고, 그 덕분에 그들은 펑펑 쏟아지는 눈발을 헤치며 여기까지 오는 사태는 피할 수 있었다.

만약 지금 연락받았다면 아마 오는 것 자체가 불가능했을 것이다.

"맞습니다. 하늘이 도와준다고 했지요?"

"아니, 왜?"

"가 보시면 압니다."

노형진은 쏟아지는 눈을 헤치고 거리로 나갔다.

그런 노형진과 함께 거리로 나간 손채림과 김성식은 자신들의 눈을 의심했다.

"어떻게 된 거야?"

거리에 가득하던 포장마차들이 모조리 없어진 것이다.

마치 아무것도 없었던 것처럼 순백으로 가득한 도로.

포장마차가 있었던 흔적들조차 눈에 묻혀 사라진 것이다.

"세 가지 이유 때문입니다."

"세 가지 이유?"

"네. 첫 번째는 파손이죠. 아시다시피 이런 노점상들은 리어카에 기둥을 붙이고 거기에 천막을 올린 겁니다. 강하게 만들어진 물건이 아니죠. 이 정도 양의 눈이 내리면 천막 부분은 파손될 수밖에 없습니다."

"음……."

리어카 부분이야 그나마 좀 튼튼하고 또 여러 가지 물건을 올릴 생각으로 보강을 좀 하는 편이지만, 그냥 눈과 비를 긋고 태양을 가릴 목적으로 올려 둔 천막은 이 정도 양의 무게를 버티지 못한다.

"그런데 그걸 고치는 데 드는 돈이 적지는 않거든요."

"그래서 뺀 거군."

"네."

기업형 노점상인 만큼 그들에게는 어딘가에 이걸 두는 곳이 있을 것이다. 그러니 그곳으로 잠시 피난을 갔을 가능성이 높다. 그래야 돈을 아끼니까.

"두 번째는 제설 작업입니다."

"제설? 아!"

현대 도시의 제설 작업은 인력보다는 기계를 쓴다. 보도야 어쩔 수 없이 사람이 손으로 하지만.

　기계의 경우는 말 그대로 눈을 양옆으로 쫘악 밀어 버린다. 그 후에 트럭으로 퍼 가서 버리는 것이다.

　"그런데 그런 식으로 하는 곳이다 보니 일단 포장마차가 방해되거든요."

　제설 작업을 하면 그 옆으로 눈이 몰려든다. 가뜩이나 눈의 무게에 짓눌리고 있던 포장마차가 그 눈의 무게를 버티기는 힘들다.

　"애초에 불법이기 때문에 배상도 못 받고요."

　"그렇군. 그러면 세 번째는 뭔가?"

　"도난의 위험성이지요."

　"도난?"

　"네. 우리가 미리 왔지요? 만일 미리 오지 않았다면 과연 여기에 누가 오겠습니까?"

　"하긴."

　이런 날씨에는 출근은커녕 밖에 나오는 것도 쉽지 않다. 설사 노점상을 하는 사람들이 나온다고 해도 장사가 될 리 없다.

　사람이 안 나오는데 어떻게 장사를 하겠는가?

　"결국 하루 종일 고생만 하고 허탕을 칠 게 뻔하니까요."

　"그러면 안 나오겠지."

　"자리를 비우는 기간이 길어질수록 도난의 위험성은 커집니다. 이 지역 상인들과 사이가 좋지 않으니 더더욱 그렇지요."

　친하다면, 이상한 놈들이 접근하거나 가지고 가려고 한다면 알아서 말리겠지만 그렇지도 않으니 보호는 꿈도 꾸지 못한다.

"결국 그들은 눈을 피해서 노점상들을 빼야 했을 겁니다."

"상황은 이해가 가네만…… 그건 우리도 마찬가지일세. 절도야 우리는 상관없다고 하지만, 다른 사람들이 들어올 상황이 아니지 않은가?"

포장마차를 위치시키기 위해서는 그걸 밀고 들어와야 한다. 그런데 미터 단위로 눈이 쌓이는 이 현상에서 그게 가능할 리 없다.

"그러니까 눈을 치워야지요."

"하지만 어떻게? 우리가 할 수 있는 게 아닐세."

"그래서 제가 병력을 좀 불렀습니다."

"병력? 병력이라니?"

"말 그대로 병력입니다."

노형진은 씩 웃었고, 때마침 저 멀리서부터 육중한 떨림이 들려왔다.

"이건……?"

"드디어 병력이 도착했나 보군요."

눈발을 헤치면서 도착한 여러 대의 트럭들.

그 트럭들의 짐칸에서는 국방색 옷을 입은 수많은 사람들이 하차하기 시작했다.

"허허, 병력이라더니…… 진짜 병력이네?"

김성식은 기가 막혀서 말이 안 나왔다.

일반적으로 사람을 불렀다고 하지 병력을 불렀다는 표현은 하지 않기 때문에 무슨 소리인가 했는데 진짜 군인들이 나타난 것이다.

"인근에 있는 부대에 제설 작업을 도와 달라고 지원을 요청했습니다. 군대에서는 대민 지원은 흔하게 있는 일이니까요."

"그거야 그렇지만 군인들이 이렇게 쉽게 움직일 리 없는데?"

김성식이 고개를 갸웃하자 노형진은 씩 웃으면서 엄지와 검지를 동그랗게 말았다.

"약간의 기름칠은 센스죠."

"그건 좀…… 그렇군."

"현실이란 그런 거죠."

부대 지휘관에게 적당히 인사하자 그가 사람을 보낸 것이다.

대민 지원이야 흔하게 벌어지는 일이고, 전국적으로 엄청난 폭설이 쏟아져 도움이 필요한 건 사실이니까.

"우리나라에서는 뭘 바라면 안 됩니다. 그냥 있는 걸 우리가 적당하게 잘 써먹으면 되는 겁니다."

"음……."

"너무 신경 쓰지 마세요. 우리도 저기서 고생하는 군인들에게 적절히 배상해 주면 됩니다."

노형진은 그렇게 말하고는 웃으면서 군인들에게 다가갔다.

"반갑습니다, 여러분."

노형진이 드디어 움직이기 시작하자 김성식은 노형진을

믿고 따라가는 것밖에 할 수 있는 게 없었다.

"이게 무슨 눈이야. 악마의 똥 가루지."

"맞는 말이지 말입니다. 악마의 똥 가루."

"아오, 씨발. 내가 말년에 제설이라니."

병사들은 투덜거리면서 열심히 눈을 치웠다.

사실 노형진이 불도저를 불러서 그대로 눈을 밀어 냈고 그걸 정리하는 수준이었기 때문에 그들이 할 건 그다지 많지 않았다.

"순식간이군."

"자, 빨리 들어와요!"

군대와 불도저 그리고 지역 상인들이 나서서 제설 작업을 하자 도로의 눈은 순식간에 사라졌다.

그렇게 모인 눈은 근처에 있는 저수지 주위에 쌓아 둘 것이고, 시간이 지나면 녹으면서 자연스럽게 저수지로 들어갈 것이다.

"오라이!"

그리고 도로가 깨끗해지자마자 바로 작업이 시작되었다. 미리 준비된 포장마차들을 제자리에 놓기 시작한 것이다.

"정신없군그래."

한쪽에서는 여전히 눈을 치우고 한쪽에서는 포장마차를 내리느라 정신이 없는 상황.

"어쩔 수 없습니다. 조폭 녀석들도 바보가 아닐 테니 바로 여기에 튀어 오려고 할 테니까요."

그렇게 되면 여러모로 피곤해진다. 이미 있는 것을 지키는 것과 설치하면서 싸우는 것은 난이도가 다르기 때문이다.

"잘될까?"

"잘될 거야. 네가 얼마나 확실하게 해 놨는지에 따라서 달라지겠지만."

노형진에게 미리 부탁받은 '어떤 일'을 떠올린 손채림은 씩 웃으면서 엄지를 내밀었다.

"완벽하지."

"좋았어. 김 변호사님은요?"

"이쪽도 준비가 끝났네. 바로 움직인다고 하더군."

노형진은 고개를 끄덕거렸다.

"자, 그럼 결전을 기다려 볼까?"

노점상 전쟁의 최종전은 조만간 치러질 것이다.

⚖️

"뭐라고?"

왕수성은 자신에게 들어온 보고에 기가 막혀서 말이 안 나왔다.

"다른 놈들이 들어갔어?"

"네. 다른 놈들이 우리들 자리를 모조리 차지했습니다."

"이 새끼들이 미쳤나?"

자신이 지금까지 몇 번이나 이 짓거리를 해 왔지만 이런 경우는 처음이었다. 잠깐 빠진 사이에 자리를 빼앗기다니.

"어떤 조직이야?"

"네?"

"어떤 조직이냐고! 어떤 조직인지 알아야 협상을 하든지 하지!"

체계적으로 움직인 걸로 봐서는 아무래도 다른 조직이 있을 가능성이 높기 때문에 그는 조심스러웠다. 까딱 잘못하면 항쟁으로 들어갈 수도 있기 때문이다.

"다른 조직은 없는 듯합니다."

"뭐? 없다고? 이것들이 미쳤나!"

그런데 자신의 생각과 다르게 다른 조직이 없다는 말에 왕수성은 이를 빠드득 갈았다.

"요즘 우리가 좀 조용히 움직였나 봐?"

"아무래도 경찰 쪽은 건드려 봐야 좋을 게 없으니까요."

"아무리 그래도 그렇지, 우리 나와바리를 건드리는 놈이 있을 줄이야. 그것도 조직도 아니고, 어디 그지 새끼들이."

"어떻게 할까요?"

"어떻게 하긴! 당장 민원 넣어서 밀어 버려. 별로 어려운 거 아니잖아?"

전부터 쓰던 방법이다. 그렇게 민원을 넣어서 밀어 버리고
자신들이 그 자리를 차지한다.

"네, 알겠습니다."

그들은 이번 일도 어렵지 않게 해결될 거라 생각했다.

하지만 그들은 자신들이 어떤 상황인지 이해하지 못하고
있었다.

"사장님, 구청에서 곤란하답니다."

"아니, 왜? 이 새끼들이 미친 거 아냐? 민원을 왜 거부하
는데?"

"그게, 정치인이 끼어 있다고 자기들이 건들면 여러모로
시끄럽답니다."

"정치인이라니? 무슨 개소리…… 아!"

왕수성은 그제야 자신이 했던 일이 생각났다. 자신이 저들
의 민원을 막기 위해 김중팔을 부른 것을 말이다.

"이런 싯팔!"

자신들이 부른 김중팔이 도리어 방해가 될 거라고는 상상
도 하지 못했던 그는 얼굴을 찡그렸다.

"김중팔에게 말해서 다시 단속하라고 하면 어떨까요?"

"무리야. 김중팔의 입장에서는 약점을 잡히고 싶지 않을

거야."

서민을 위한다는 핑계로 단속을 막았다. 그런데 이제 와서 다시 때려잡으라고 한다면 이상하게 생각할 테니, 당연히 반대파에서 조사할 것이다.

'그러면 우리와의 관계가 드러날 수가 있어.'

대한민국은 정치 깡패에 대해서는 무척이나 처벌이 심하다.

자신들이 직접적으로 뭔가를 한 건 아니지만 정치인과 선이 닿아 있다는 것만으로 정치 깡패 취급될 것이며, 그때는 김중팔이 막아 줄 수 있는 수준이 아니다.

드러나면 김중팔 역시 자기 목을 걱정해야 하는 사건이니까.

"젠장. 김중팔은 빼고 이야기하자. 너무 위험해."

"그러면…… 방법이 없는데요? 직접적으로 손쓰는 수밖에."

"끄응……."

왕수성은 머리가 아팠지만 그것 말고는 방법이 없어 보였다.

"어쩔 수 없지. 우리가 직접적으로 손을 쓰는 수밖에."

그들은 그렇게 결정을 내렸다. 그리고 그게 자신들의 실수라는 것을 깨닫는 데에는 얼마 걸리지 않았다.

⚖

"야, 이 새끼야! 누가 여기서 장사하래!"

"돈 내놓으라고!"

직접적으로 손을 쓰는 것은 요즘은 잘 안 쓰는 방식이다.

그러나 지금 왕수성의 입장에서는 손을 쓸 수밖에 없었다.

'위험하기는 하지만 어쩔 수 없어.'

조직들이 음지에서 나와서 양지로 진출하면서 가장 문제되는 것이 합법적으로 돈을 버는 수단이다. 무얼 하려고 해도 상당한 총알, 즉 현금이 필요한데, 그 총알을 보충하는 데 이것만 한 것이 없기 때문에 경쟁도 치열했다.

인신매매나 마약은 너무 위험하고, 합법적인 것은 돈이 많이 들고 망할 가능성도 높다.

와장창!

"아이고!"

포장마차를 부수는 사람들.

그들은 주변에서 뭐라고 하기도 전에 최대한 포장마차를 부수는 데 집중했다.

"여기 우리 구역이라고, 이 새끼들아!"

마구 때려 부수는 인간들. 노형진은 그런 녀석들을 그저 바라보기만 할 뿐이었다.

"작전대로 굴러가기는 하는데 보기 좋은 꼴은 아니군."

김성식은 그 장면을 보면서 이를 악물었다.

"지금이 쌍팔년도도 아니고, 깡패 새끼들이 저렇게 설치다니."

"그만큼 경찰이 무능하다는 뜻이겠지요."

노형진은 신고하지 않았지만 다른 누군가는 신고했을 게 뻔하다. 하지만 벌써 20분째 경찰은 코빼기도 보이지 않았다.

"경찰의 사정을 모르는 바는 아니지만 실망스럽군."

"경찰도 겁이 나겠지요. 총을 마음대로 쓸 수 있는 것도 아니니."

경찰이 총을 쓸 수 있다면 저들을 제압하는 건 어려운 게 아니다.

문제는 경찰이 자신을 지키기 위해 총을 쏘면 그건 징계 사유가 되는 우리나라의 특이한 법이다.

정당방위를 인정하지 않는 대한민국의 판사들은, 자기 스스로를 지키기 위해 싸우는 것조차 폭력으로 보기 때문이다.

"알고 있네. 그들도 이런 조폭들과 싸우고 싶지 않을 테지."

결국 가장 가까이에 있는 경찰이 할 수 있는 것은 지원을 요청하고 그 지원이 올 때까지 기다렸다가 같이 들어오는 것뿐이다.

"슬슬 움직여야 할 시간인데요."

노형진이 말을 꺼내기가 무섭게 몇몇 사람들이 잔뜩 긴장한 모습으로 조폭들에게 다가갔다.

그들은 조만복을 비롯한 이 지역 상인들이었다.

"당신들, 그만두지 못해!"

"뭐야, 이 새끼들은?"

"이거 불법이야! 알아? 아무것도 없는 서민들을 등쳐 먹으면서 살면 좋냐!"

조만복은 이를 악물고 소리를 질렀다.

노형진 측에서 대사를 써 주기는 했지만, 사실 반쯤은 진심이었다.

"이 새끼가 미쳤나?"

진두지휘를 하던 왕수성은 그의 말에 기가 찬 듯 혀를 쯧쯧거렸다.

"이 새끼야, 장사 좀 잘된다고 간땡이가 부은 모양인데, 너 우리가 누군지 알아?"

"알 생각도 없고 알 필요도 없겠지. 너희는 그냥 깡패 아냐? 왜 자꾸 서민들을 괴롭히는 거야! 이분들도 먹고살려고 어쩔 수 없이 여기까지 나온 분들이야!"

"이 새끼가 증말!"

왕수성은 화가 머리끝까지 났다.

자신들이 이렇게 고생하는 이유가 뭔가? 조만복이 상인회를 결성해서 조직적으로 자신들에게 저항해서 그런 것 아닌가?

왕수성은 눈짓하자, 부하는 바로 움직였다.

"너 죽고 싶지? 엉? 그동안 목숨만은 살려 주려고 설렁설렁하니까 세상 참 만만해 보이지?"

"커헉!"

부하가 주먹질을 하자 나가떨어지는 조만복.

그걸 본 사람들은 갑자기 그 녀석에게 매달리기 시작했다.

"그만둬!"

"야, 이 나쁜 놈들아!"

"어어?"

부하는 당황했다.

지금까지 찍소리도 못 하고 있던 놈들이 갑자기 합심해서 자신에게 달려들기 시작했기 때문이다.

"이 새끼들이 증말 미쳤나?"

마구 사람을 때리기 시작하는 부하들.

왕수성은 그 뒤에서 흡족한 표정을 지었다.

'이 정도면 우리가 무서운 줄 알겠지.'

마음 같아서는 어디 한 군데 부러트리고 싶었지만 그럴 수는 없었다.

"형님, 짭새가 떴답니다."

"씨발."

지원이 생각보다 빨리 왔는지 짭새, 즉 경찰이 오고 있다는 이야기에 왕수성은 일단 후퇴하기로 했다.

"이 새끼들아, 조만간 와서 너희들 다 담글 거야! 알아!"

소리를 버럭버럭 지르는 부하들에게 후퇴 명령을 내리는 왕수성.

부하들은 그를 따라서 봉고를 타고 황급하게 그곳을 벗어나기 시작했다.

"아이고……."

"끄응……."

조폭들에게 맞은 사람들은 신음 소리를 내면서 바닥에 널부러졌고, 그 모습에 노형진은 미안한 듯 어색한 미소를 지었다.

"그나저나 채림이가 잘하고 있는지 모르겠군요. 이거 두 번은 못 시킬 것 같은데요?"

"잘하고 있을 걸세. 딱 부러지는 사람 아닌가."

"뭐, 일에 관해서는 그렇지요."

과거 길치 수준으로 전혀 길을 못 찾던 그녀에 대해 알고 있는 노형진은 피식 웃음이 나올 수밖에 없었다.

"그나저나 감시병을 세운 모양이군."

"그랬을 겁니다. 저들도 바보는 아니니까요."

그들이 도망치고 나서야 들어오는 경찰차를 보면서 김성식은 혀를 끌끌 찼다.

"거참."

감시병이 있는지 아니면 경찰 내부에 다른 누군가 있는지 알 수 없지만, 확실한 것은 이런 식이면 저들을 잡는 게 쉽지 않을 거라는 사실이다.

"증거가 충분하니 그냥 잡아가 버리고 싶지만……."

"자기 주소지에서 살 리 없지 않습니까?"

"그건 그렇지."

노형진은 저들이 하는 짓거리에 대해 누구보다 잘 안다.

저들은 이번 일을 위해 어딘가에 단체로 숨어서 지낼 것이다. 그리고 자신들 아래로 들어오지 않는 사람에 대한 린치를 가할 것이다.

"하지만 그들은 실수하고 있다는 걸 모를 겁니다."

"그럼, 그럼."

노형진이 말하자 문 뒤에서 스윽 나타나는 손채림.

"카메라는?"

노형진의 질문에 손채림은 씩 웃으면서 카메라를 내밀었다.

"건너편 창문에서 찍은 거야. 확실하게 잘 잡혔으니까 기대해 보라고."

손채림에게 부탁한 것은 사람들을 동원해서 그들의 얼굴을 찍어 두는 것이었다.

"다른 위치는?"

"거기도 잘 나올 거야. 걱정하지 마. 내가 촬영 시작하기 전에 확실하게 점검했으니까."

노형진은 고개를 끄덕거렸다.

사실 한두 개쯤 안 나온다고 해도 바뀌는 것은 없다.

"그러면 마지막 관객을 불러들일까요?"

⚖️

"아이구, 오랜만이외다, 김 의원."

김중팔은 당황했다.

협상을 하자고 자신을 불러서 '그럼 그렇지.' 하는 생각으로 왔는데 전혀 생각지도 못했던 사람이 나와 있었던 것이다.

"서광구 의원님, 어떻게 여기에……."

"이런 좋은 일에는 당연히 내가 와야지요, 하하하하."

서광구 의원은 김중팔과 같은 당으로, 중진에 속한다. 김중팔보다 경력도 훨씬 오래되었고 말이다.

문제는, 그가 같은 당이라고 해도 계파는 다르다는 것.

'보수는 부패로 망하고 진보는 분열로 망한다지? 흐흐흐.'

노형진은 당황하는 김중팔을 보면서 미소를 지었다. 겉으로는 무척이나 자애로운 모습이었다.

"반갑습니다, 의원님."

"음…… 네. 그런데 서광구 의원님은 여기에 어쩐 일로 오신 겁니까?"

"이번 일의 증인으로 나서 달라고 부탁드렸습니다."

"증인?"

"네."

김성식쯤 되면 여러 인맥이 있기 마련이다. 그리고 서광구 의원은 그런 인맥 중 한 명이다.

"무슨 증인?"

"어허, 겸손도 너무 낮추면 못 쓰는 법입니다, 김 의원. 김 의원이 중재한 덕분에 이 지역 상인들이 노점상들과 극적인 타협을 이루지 않았습니까? 우리 당에서 생각하는 그런 상생 말입니다, 하하하."

"타협?"

속아서 쫓겨났다는 말은 듣기는 했지만 타협이라는 말은 전혀 생각하지 못하고 있던 김중팔은 이해하지 못하고 다시 물어볼 수밖에 없었다.

"김중팔 의원님의 말씀대로 최대한 타협하려고 노력했습니다. 저희가 노점상을 줄여 달라고 했더니 진짜로 많이 줄여 줬더군요. 그렇게 적극적으로 합의를 이행하는데 어찌 타협을 안 하겠습니까?"

노형진은 웃으면서 말했다.

물론 숫자가 줄어든 건 맞다. 하지만 기존의 기업형 노점상들이 쫓겨나고 개인 노점상들이 들어와서 그런 것이다.

처음에 있던 사람들과 지금 사람들은 전혀 다른 사람들이다. 노형진은 그 부분은 쏙 빼고 말하고 있었다.

"더군다나 요즘 조폭들이 그분들을 괴롭히더군요. 보다 못한 상인분들이 그들을 지키려다가 조직폭력배들과 충돌이 있었구요."

"그……거야……."

그건 전혀 알지 못하고 있었던 김중팔은 뭐라고 대답할 수가 없었다.

"그래서 상인회에서도 여러모로 상의한 결과, 지금 있는 노점상분들과 상생하기로 했습니다. 그쪽에서 저희 요구 조건을 먼저 들어주셨으니 저희도 그쪽을 위해 양보해야지요. 그게 상생 아니겠습니까?"

노형진은 김중팔을 보면서 미소 지었다.

그리고 그 미소를 본 김중팔은 노형진이 노리는 게 뭔지 한 번에 알아차렸다.

'이런 싯팔……'

지금 있는 노점상들은 자신과 관련이 없는 자들이다. 하지만 서광구 의원은 모른다.

더군다나 자신이 불러들였던 인권 단체 역시 기존과 지금의 차이를 알지 못한다. 그들은 그저 자신들의 요구대로 합의가 이뤄진 걸 기뻐할 뿐이다.

오랜 시간 같이 싸워 온 것도 아니고, 기존에 있던 사람들 중 상당수가 빠졌다고 하니 자신들이 아는 사람이 빠졌다고 생각할 뿐.

'헹, 바꿔치기는 생각도 못 했을 거다.'

이 상황에서 합의서를 쓰고 김중팔이 확정하면 지금 있는 사람들이 권리자가 되는 셈이다.

'이런 개 같은……'

김중팔은 자신도 모르게 부들부들 떨었다.

이게 인정되면 자신은 조직에서 받던 선거 자금을 받지 못하게 된다.

"김 의원, 무슨 문제라도 있습니까?"

"아닙니다, 서 의원님. 하하하."

김중팔은 서 의원의 말에 미소로 답했지만 속으로는 이를 박박 갈았다.

'젠장, 벗어날 수가 없다.'

여기서 파토가 나면 서 의원은 의심할 게 뻔하다.

지금은 무조건적인 합의가 이루어진 상황이다. 그런데 김 중팔이 다짜고짜 파토를 내면 의심을 안 할 수가 없다.

'그렇게 되면 반대쪽 계파가 가만히 안 있겠지.'

이번 사건을 파고들 테고, 김중팔과 조폭의 관련성이 드러 날 것이다.

물론 서광구가 그걸 노리고 온 건 아니다. 서광구는 이 일 에 공짜로 자기 이름을 올리기 위해서 온 것뿐이다.

일은 김중팔이 했다고 하지만 자신의 이름을 올리기만 하 면 자신의 치적 중 하나가 늘어나는 셈이니까.

하지만 그런 서광구라는 존재는 김중팔에게는 심각한 부 담이었다.

"뭐, 따로 협상할 필요는 없을 것 같습니다. 이미 상인회 들과 노점상주들이 연합회를 만들어서 본인 증명과 기록을 다 마친 상황이니까요. 그러니 두 분은 증인이 되어 주시기 만 하면 됩니다. 이미 관련된 영상과 기록을 방송국에 제보 했습니다. 방송국에서도 상생의 바른 모습이라면서 좋아하더군요."

빼도 박도 못하게 방송국까지 끼워 놓았으니 김중팔은 할 말이 없었다.

속이 시커먼 색으로 타들어 가는 김중팔과 다르게 가만히 앉아서 자기 이름을 올리게 된 서광구는 기분 좋은 미소를 지을 뿐이었다.

"그럼요, 하하하."

서광구는 자기 치적이 공짜로 생긴다는 생각에 미소 짓고 있었지만 김중팔은 속으로 한숨을 쉴 수밖에 없었다.

'졌다…….'

일단 사인은 하고 나중에 지금 있는 사람들을 쫓아낼까 하는 생각도 하던 찰나였다. 그런데 노형진은 그걸 먼저 알아채고 등록되어 있다고 못을 박은 것이다.

그렇다면 나중에 몰아내는 쪽이 더 문제가 된다.

"자, 그러면 사인을 할까요?"

노형진은 합의서를 내밀었고, 김중팔은 부들부들 떨리는 손으로 거기에 사인할 수밖에 없었다.

⚖

"보복이 걱정이군."

"보복요?"

모든 것이 다 끝났다고 생각하는 상황.

김성식은 우려 섞인 어투로 걱정거리를 말했다.

"그래. 자네도 알다시피 조폭이 나쁜 놈들인 데는 다 이유가 있다네."

김성식은 이 일을 방해한 조만복에게 조폭들이 보복할 것을 걱정하고 있었다.

"자네가 그러지 않았나, 이런 일을 저지르려면 적지 않은 돈이 들어간다고?"

"그렇지요."

당장 주변에 뇌물을 써야 하기도 하고, 노점상에 필요한 리어카도 만들어야 한다. 그러니 적지 않은 돈이 들어가는 것이 사실이다.

더군다나 정치인까지 끼었으니 그에 대한 뇌물도 또 들어갔을 것이다.

"그러면 못해도 몇억대 손해를 봤을 텐데 조폭 녀석들이 그 보복을 안 하면 이상한 거지."

"끄응……."

노형진은 머리가 지끈거리는 느낌이었다.

확실히 조폭은 일반인들과 다르다. 그들은 애초에 법을 지킬 의사가 없는 놈들이고, 자신들이 불법적으로 움직였을 때 누군가 방해하면 그 보복을 하고도 남을 놈들이다.

"우리야 문제가 안 되겠지만."

자신들은 경호 팀도 있거니와 법 쪽에 있는 사람을 건드리면 검찰과 법원이 가만두지 않는다는 걸 알기에 건드리지 않겠지만, 조만복을 비롯한 상인회와 노점상을 하는 사람들은 충분히 보복의 대상이 될 수 있다.

"보복당하면 우리가 하는 일이 의미가 없어지겠군요."

"그렇지."

보복이 이루어지는데 제대로 보호받지 못하면 사람들은 침묵을 지키게 된다. 그리고 그 지역은 통째로 폭력 조직의 손아귀에 들어가게 된다.

'브라질 꼴이 나는 거군.'

브라질은 폭력 조직과 사실상 내전을 하는 중이다.

브라질이 보복을 제대로 막지 못하자 보복을 두려워한 정부 인사들과 검사 등이 그들의 손아귀에 떨어져 사실상 폭력 조직의 나라가 된 것이다.

그만큼 치안이 최악인 상황

'그래서 법 쪽은 철저하게 보호한다지만.'

상대적으로 일반인 피해자들은 보호하지 않는 상황.

"그럼 이번 사태를 막기 위해서는 보복 자체를 무산시켜야겠군요."

"그게 중요하네. 문제는, 우리가 그들이 어디에 있는지 알지 못한다는 거지."

증거는 충분하다.

자신들이 찍어 둔 영상도 있고 상인회 사람들의 증언도 있으며 적당히 합의하는 조건으로 그들에게 고용되어서 방해하던 녀석들에게서 증언을 얻어도 된다.

"하지만 그 녀석들은 자기 꼬리를 절대 드러내지 않을 걸세."

"공식적인 사무실은 없을까요?"

조용히 듣고 있던 손채림이 혹시나 하는 마음에 물어봤다.

하지만 김성식은 부정적으로 고개를 흔들 뿐이었다.

"없을 겁니다, 채림 양. 불법적으로 하는데 공식적인 사무실을 드러낼 리 없지요."

'그렇다고 내가 그 녀석들을 잡고 기억을 읽어 낼 수는 없는 노릇이고.'

분명히 무리 지어 다닐 게 뻔하다. 설사 아니라고 해도, 자신이 조폭도 아닌데 누군가를 납치해서 기억을 읽어 낼 수는 없다.

"음……."

그런데 돌파구를 만들어 낸 것은 다름 아닌 손채림이었다.

"경찰은 알 것 같은데요?"

"경찰이 알면 벌써 움직였겠지요. 이미 집단 폭행으로 경찰에 고발했으니까요. 영장도 나왔는데 그걸 집행하지 않는다는 건 모른다는 뜻입니다. 경찰이 모든 걸 다 알지는 않아요."

사건은 많고 경찰은 부족하다. 거기에다 게으른 몇몇 경찰이 있으니 그 사건까지 부지런한 사람들이 해결해야 해서,

점점 일은 많아진다.

"하지만 내부자는 알지 않을까요?"

"내부자?"

"기억해? 지난번에 경찰이 출동하니까 신기할 정도로 순식간에 알아채고는 도망갔잖아. 그럼 내부에 누가 있는 거 아닐까? 경찰차가 경찰서에서 나온다고 도망가라고 했을 건 아니잖아?"

"아!"

노형진은 손채림의 말에 바로 상황이 이해가 갔다.

"그럴 수밖에 없네."

한창 사람을 괴롭히던 녀석들이 전화 한 통에 도망갔다.

그런데 그 전화 한 통이 만만한 것은 아닐 것이다. 누군가 부하가 한 것이라고 하기에는 경찰차가 돌아다니는 곳이 많아서 확신할 수도 없고 말이다.

"내부자가 있겠군. 하긴, 이런 일을 저지르려면 내부자 한두 명은 있어야지."

김성식도 바로 알아채고는 고개를 끄덕거렸다.

"그 녀석만 찾으면 본진을 털어 버릴 수 있겠군요."

"하지만 어떻게 말인가? 그 녀석들이 진짜로 말을 할까?"

"저한테 방법이 있습니다."

노형진은 자신의 능력을 생각하면서 미소를 지었다.

"반갑습니다. 노형진 변호사입니다."

노형진은 웃으면서 경찰들에게 다가갔다.

물론 경찰들은 미심쩍은 얼굴이 되었다.

"무슨 일입니까?"

"별건 아닙니다. 지난번에 저희 의뢰인을 지켜 주느라 고생을 많이 하셔서 말입니다."

"아아, 뭘 그런 걸 가지고. 당연히 출동해야지요."

별거 아니라는 생각에 안심하는 그들.

노형진은 그들의 손을 일일이 잡으면서 악수했다. 그리고 미리 준비한 선물을 나눠 주었다.

"이건 사소한 겁니다만, 감사의 인사로 드리는 겁니다. 뇌물은 아니니까 걱정하지 마시고."

"하하하."

처음에는 변호사라고 경계하던 사람들도 안심하고 선물을 받아 들었다.

"그나저나 아깝습니다. 경찰이 들이닥치기 전에 바로 도망갔으니 말입니다."

"그러게 말입니다. 그 녀석들은 용케 도망도 잘 다녀요."

툴툴거리는 경찰들.

그런데 그중 한 명이 슬쩍 시선을 돌리는 것이 보였다.

'오호라?'

노형진은 싱긋 웃으면서 다가갔다.

"노형진 변호사입니다. 여기."

"아, 네."

천연덕스럽게 선물을 받는 경찰.

하지만 노형진은 이미 그의 눈동자가 흔들리는 것을 본 후였다.

"그나저나, 그 녀석들 잡지 못해서 어떻게 하죠?"

"그러게 말입니다. 그런 골칫덩어리들을……."

손을 잡고 말하는 그사이 그와 관련된 기억이 노형진에게 흘러오기 시작했고, 노형진은 피식 웃었다.

"그나저나 그 녀석들이 어떻게 타이밍 맞춰서 도망갔는지, 참 신기하단 말이지요?"

움찔하는 경찰. 그리고 그럴수록 그의 기억은 더욱 홍수처럼 노형진에게 쏟아져 들어왔다.

그는 다급하게 손을 빼려고 했지만 노형진은 그의 손을 놔주지 않았다.

"그러고 보니 재미있는 소문이 들리더군요. 경찰 내부에 그들을 봐주는 사람이 있다나? 듣기로는 한 1천만 원쯤 받았다고 하더군요. 일식집에서라고 하던데."

점점 얼굴이 사정없이 일그러지던 경찰이 이번에는 오히려 손을 빼려고 하는 노형진의 손을 잡고 어디론가 향했다.

사람이 없는 으슥한 곳으로 간 그는 노형진에게 따지듯 물었다.

"원하는 게 뭡니까?"

자신이 얼마 받았는지 어디서 받았는지 아는 사람이 직접적으로 신고하지 않는다면 원하는 것은 하나뿐이다.

"뭘 말인가요?"

"원하는 게 있으니 나한테 접근한 거 아닙니까?"

"별거 아닙니다. 그 녀석들 은신처요."

그 말에 얼굴이 딱딱해지는 경찰.

노형진은 느긋하게 그를 바라보면서 말했다.

"어차피 그곳을 언젠가는 찾아냅니다. 시간이 걸릴 뿐이죠. 그리고 우리는 그 시간이 아까운 것뿐이구요."

"큭……."

"과연 정치인이 두 명이나 관련되어 뉴스에 보도된 사건의 범죄자를 경찰이 비호하고 있었다는 소식을 위에서 알면 뭐라고 할까요?"

"싯팔……."

경찰은 이를 악물었다. 더 이상 벗어날 길이 없어 보였기 때문이다.

그가 극단적인 생각을 하는 것 같자 노형진은 슬쩍 그가 살길을 만들어 주었다.

"그냥 자체적으로 알아낸 것으로 하고 급습해 주면 참 좋은데요."

"뭐라고요?"

"우리도 전면에 나서는 건 원하지 않거든요. 누가 우연히 그들의 은신처를 알아내서 급습해 주면, 그 사람도 승진에 도움이 될 것 같지 않습니까?"

노형진은 히죽 웃으면서 말했다.

순간 경찰은 노형진이 요구하는 게 뭔지 알아차렸다.

'젠장…… 길이 없다.'

거기를 급습하지 않으면 자신은 파멸이다. 그에 반해서 저들을 배신하고 급습하면 자신은 승진한다.

결국 선택할 카드는 하나뿐이었다.

"무슨 일이 일어나든 우리는 민중의 지팡이를 믿습니다, 으하하하."

노형진은 웃고 있었지만 경찰의 속은 새카만 색으로 타들어 가고 있었다.

⚖

"뭐라고!"

왕수성은 김중팔에게서 온 연락에 벌떡 일어났다.

"지금 있는 놈들이 합의가 끝났다고?"

"네."

"뭔 개소리야! 합의라니, 무슨 합의!"

"기존 상인들과 합의해서, 지금 있는 노점상에 대해서는 묵시적으로 인정하고 서로 상생하는 방향으로 간다고 했답니다."

"우리는!"

"그게, 합의가 진행된 이상 더 이상 들어갈 수가……."

"이런 개 같은 경우를 봤나! 내가 그 바닥을 먹으려고 얼마나 작업했는지 알아!"

경찰이고 공무원이고, 뇌물을 안 준 곳이 없다. 이제 그곳을 집어삼키기만 하면 크게 성공할 돈을 벌 수 있는 기회였다.

그런데 엉뚱한 놈들이 그 자리를 차지한 것이다.

"김중팔 이 새끼는 왜 그딴 합의를 한 거야!"

"자신도 방법이 없었답니다. 당의 주요 인물이 나서는 바람에."

"크윽……."

이건 전혀 생각도 못 한 일이었다.

'씨발…… 이래서는 안 되는데.'

자신이 그곳을 삼키기 위해 작업한 돈만 2억이 넘는다.

2억이라면 큰돈이기는 하지만, 노점상 하나당 100만 원만 잡아도 노점이 여든 개니까 두 달 반이면 뽕을 뽑고도 남기 때문에 무리하게 투자한 것이다.

하지만 만일 이 지역을 삼키지 못하면 생돈 2억이 날아가는 것인데, 그건 소규모 조직인 그의 조직에는 상당히 곤란한 일이다.

"형님, 그러니까 차라리 나이트를 하자고 했잖습니까?"

서열 2위의 말에 왕수성은 버럭 화를 냈다.

"이 새끼야! 나이트가 어디서 뚝 떨어져? 나이트 하나 인수하려면 지방에 후줄근한 곳도 20억이 넘게 깨져, 이 새끼야!"

"……."

"젠장…… 이러면 안 되는데."

거기서 들어오는 현금은 세금도 안 낸다. 그러니 그걸 기반으로 나이트를 인수하고 중규모로 조직을 확장할 생각이었다.

그래서 힘들게 번 돈으로 국회의원까지 포섭한 건데, 그게 도리어 자기 발목을 잡을 줄은 몰랐다.

"야, 애들 모아."

"네?"

"애들 모으라고! 이렇게 당할 거야? 그 새끼들을 끌어내야 할 거 아니야!"

"형님…… 그건 이야기가 전혀 다릅니다."

서열 2위는 기겁을 했다.

"지난번에는 겁만 조금 주고 오는 거니까 짭새 새끼들 오기 전에 튀었지요. 하지만 끌어내려면 몸싸움을 피할 수 없는데, 짭새들이 놔두겠습니까?"

"씨발! 그러면 어쩌라고? 생돈 2억이 나갔어! 우리가 그 돈 모으려고 얼마나 고생했는지 알아?"

이 정도로 규모 작은 조직에서 2억을 모으는 건 쉬운 일이 아니다.

돈이 될 만한 곳은 둘 중 하나가 꽉 잡고 있다.

다른 대형 조직이든가 아니면 대기업.

그런데 이 지역은 신흥 상권이라 아무것도 없어서 무리해서 끼어든 것이다.

"이거 못 막으면 우리 조직은 와해돼! 알아? 당장 가서 끌어내라고!"

발광하는 모습을 보면서 서열 2위는 얼굴을 찌푸렸다.

'정신이 나갔군.'

물론 2억이 날아가면 정말 조직이 와해될 수도 있다. 하지만 그럴 수도 있다는 가능성일 뿐이다.

그러나 만일 자신들이 나서서 그곳에 있는 노점상을 부수고 공격하면 와해 정도가 아니라 단체로 학교, 즉 교도소로 갈 수밖에 없는 상황이다.

"형님, 진정하세요."

"진정? 지금 내가 진정하게 생겼어!"

"지금 그 새끼들을 건드려 봐야 좋을 거 없습니다. 거기에는 정치인이 두 명이나 끼어 있다고요. 거기에다 인권 단체니 뭐니 하는 나부랭이들도 끼어 있구요. 지금 건들면 일이 커집니다."

"우리가 불러온 거잖아! 꺼지라고 해!"

"그게 됩니까?"

당장 인권 단체들은 자기들의 치적이라고 공치사하기 바빠 죽겠는데 자신들이 꺼지라고 한다고 꺼질 리 없다.

거기에다 정치인들이 자기 치적으로 언론에 내보냈는데 그걸 조폭이 공격하면 어떻게 하겠는가?

"내가 알 바 아니지!"

"알 바 아니라고?"

"그래, 이 새끼야!"

왕수성은 다급했다.

이 바닥이 의리니 어쩌니 하지만 사실 그런 건 전혀 없다. 중요한 것은 돈이다.

돈이 떨어진 걸 알면 아래에서 들고일어날 건 뻔한 일이고, 그러면 자신은 망한다. 무식한 놈들이 자신을 곱게 보내 줄 리 없으니까.

'외부로 돌려야 해.'

사실 그가 그렇게 무리해서 공격하라고 하는 데에는 다른 목적도 있었다. 위협이 될 만한 놈들은 일단 교도소로 처넣어 버리기 위해서였다.

그렇게 하면 자신의 자리를 위협할 사람은 별로 없다. 그러면 그사이 돈을 다시 벌고 조직을 탄탄하게 만들면 그만이다.

"형님."

넘버 2는 안 되겠다는 듯 고개를 좌우로 흔들었다.

그리고 왕수성이 그 행동이 뭔가 이상하다는 느낌을 받고 저항하려는 순간, 뒤에서 누군가 그의 양팔을 붙잡고 매달렸다.

"너 이 새끼!"

자신이 어떤 처지에 처했는지 알게 된 왕수성은 다급해졌다.

"형님, 그러니까 애들 말 좀 들었어야지요, 거참. 혼자서 대학물 처먹었다고 너무 깐죽댔어. 대학도 조또 지방대 나온 새끼가 혼자 대학물 처먹었다고 우리를 무시해?"

어느 순간 존대에서 반말로 바뀌는 넘버 2. 그리고 그의 손에 들려 있는 기다란 회칼.

"자, 잠깐! 말로 하자, 말로."

"우리가 그렇게 무식해 보이던?"

맨날 무식하다고 아랫사람들을 무시하던 그였다.

그러나 아무리 그들이라고 해도 아예 멍청이는 아니었다.

"우리를 빵 보내고 너는 잠수 타려고? 누구 마음대로?"

"헉…… 그걸 어떻게?"

"우리가 바보냐?"

넘버 2는 이죽거리면서 칼을 들었다.

"돈 걱정은 마. 네 재산이면 아마 피해 본 2억은 뽑고도 남을 거야."

"자…… 잠깐!"

왕수성은 저항하려고 했지만 이미 기다란 칼은 그의 배를 지나서 허파까지 파고들고 있었다.

"꺼어억!"

바람이 빠지는 듯한 비명이 그의 입에서 흘러나왔다.

비명을 지르고 싶었지만 칼로 인해 망가진 허파에서는 제대로 비명을 도와주지 못하고 그저 피만 부글부글 끓어오를 뿐이었다.

"치워."

아직 죽지 않은 왕수성을 차갑게 바라보면서 말하는 넘버 2.

바둥거리는 왕수성을 일으켜 세우려고 하던 사람들은 그다음 순간 벌어진 일에 얼어붙을 수밖에 없었다.

콰직!

문이 열리면서 한 무리의 사람들이 들어온 것이다.

그리고 그들은 총을 들이밀면서 고래고래 소리를 질렀다.

"손들어! 움직이면 쏜다!"

그곳에 있던 자들은 순간 얼어붙었다가 그대로 얼굴이 일그러지면서 두 팔을 하늘로 치켜들 수밖에 없었다.

⚖️

"이렇게 될 거라고는 생각도 못 했는데?"

노형진은 실려 나오는 시체와 수갑이 채워진 채 강제로 경찰차에 끌려 들어가는 조직원들을 보면서 고개를 흔들었다.

"잡기는 했잖아?"

"그러기는 했지. 하지만 살인이 벌어질 거라고는 생각도 못 했어."

자신이 경찰을 찾아내서 설득, 아니 협박을 하는 사이 상황이 극단적으로 변해 버린 것이다.

"그래도 이번에는 잘 해결된 걸세. 자네가 생각을 잘한 거야."

"그런데 살인이라니…… 이건 좀 무섭군요. 역시나 제압해 두지 않았다면 보복이 들어왔을지도 모르겠네요."

혹시나 하는 마음에 한 일이지만 저들의 행동으로 확실하게 알 수 있었다.

만일 노형진이 마지막까지 그들을 추격하려는 생각을 하지 않았다면 조만복은 죽었을 것이라는 것을 말이다.

"내가 검찰에 있으면 느낀 게 뭔 줄 아나? 이 녀석들은 입으로는 의리를 이야기하고 우애를 이야기하지만 돈이 끼면 피도 눈물도 없다는 거야. 그런 건 영화에나 나오는 이야기지."

씁쓸하게 웃는 김성식의 말에 노형진은 그저 한마디로 대꾸할 수밖에 없었다.

"가능하면…… 조폭과는 엮이고 싶지 않네요."

하지만 그게 불가능하다는 것쯤은 노형진도 알고 있었다.

그게 변호사의 길이기 때문이다.

다음 권으로 이어집니다

200평 초대형 24시 만화방

수면실 (침대식) ― 사우나석

다인석 ― 샤워실

세탁기 ― 신간100%

📖 수원 인계동점

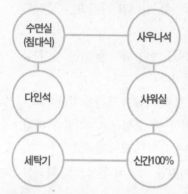

● 나혜석거리   ● 농협

● CGV   ● 수원시청역⑧

무비 사거리

소주한잔 건물
24시 만화방 3F

● 홍콩반점   ● 홈플러스

TEL : 031-226-3771
수원시 팔달구 인계동 1041-11 3층 24시 만화방

📖 의정부점

의정부역④
⑤   흥선지하도

◀서울방향

진성약국   던킨도넛츠

24시 만화방 3F

TEL : 031-856-3971
경기도 의정부시 의정부동 197-13 3층

📖 주안점

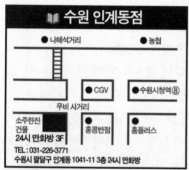

주안
남부역

◀제물포   민병철 어학원   간석동▶

25시 만화방 6F

TEL : 032-426-2871
인천광역시 주안남부역 지하상가 4번 출구 GS25시 건물 6층

📖 안양점

● 안양역   육교

◀관악역   명학역▶

● 농협   24시 만화방 2F

안양일번가

TEL : 031-466-3771
경기도 안양시 안양동 674-163 죠이당구장건물 2층